い味だね」
かつての暗殺者は
来世で違う生き方をする
01

エミリア
Emilia
「私はほら、病弱でしたから……。
あまり他家の子供達との交流も出来なくて。
こんな風に自由に動けるようになったのは
最近なのです」

「凄く元気そうだから、
すっかり忘れちゃってたよ」
ミラ
Milla
「それだけ元気なら、
エミリアも半年後に開かれる
闘技大会に出るの？」
アルカ
Alka

「……ふむ、お前がミラか。
顔を上げるといい」
ミラは部屋に入ると同時に、
アルベルトの目の前に膝をついて黙っていた。
立派な態度だ。
ただ……少し違和感はあった。
教わったばかりにしては
堂に入った振る舞いだなと。

来世で違う生き方をする
かつての暗殺者は

Former Assassin Lives a Different Life in the Afterlife

01

著 丘野優
画 つなかわ

Contents

Former Assassin
Lives a
Different Life
in the Afterlife

第1章　死と転生

「あー……まずったなぁ……‼」

口から血を吐きながら、それでも明るく笑みを浮かべ、楽しげにそう呟《つぶや》いて森の中を走る女性がいた。

衣服の腹部もまた血で赤く染まっており、かなりの重傷を負っていることは明らかだというのに、である。

そんな彼女が、まるで滴る血のように赤い髪を乱しながら、後ろをしきりに気にしているのは、たった今、《仕事》を終えてきたからだった。

……いや、失敗して逃げているところ、というのが正確かもしれない。

失敗したら逃げなければならない、彼女の職業、それは世界中のあらゆる人間から嫌悪され、憎まれ、疎まれる闇の仕事を生業《なりわい》とするもの。

決して人が自由にすべきではない、神聖なるものを、金銭を対価にして権利なく奪うもの。

つまりは……。

「……今回の暗殺、うまくいかなかったなぁ！　まさか古代魔道具を準備してるなんてねぇ……面白かったけど！」

闇の手、魔手、死神の腕《かいな》……そう、暗殺者。

それこそが、彼女の職業であり、天職であった。

しかし、彼女が一人呟くように、彼女は今回の《仕事》を完遂することが出来なかった。

この世界でも腕利きとして知られる……いや、最強の暗殺者とまで言われる《万象《ばんしょう》》のミラ・スケイル。

そんな彼女ですらも、出来なかった《仕事》。

「……流石《さすが》、王サマの警護は厳重すぎるほど厳重ってことねー！　次はもっとしっかり、確実に息の根を止められるように頑張らなきゃ！　じゃないと……」

そこまで呟いたところで、一条の光が、ミラの背後から襲いかかってきた。

気配に気づき、直前で横に避《よ》けると、前方にあった木々にその光が命中する。

「!?　これは……氷？　ってことは……」

光が照射された場所が、気づけば完全に凍りついている。

それに気づいた直後。

「ミラ・スケェェェイルゥゥ！！！」

と、背後から叫び声が聞こえてくる。

見れば、後ろから大剣を振りかぶって物凄《ものすご》い速度で迫ってくる、鎧《よろい》を纏《まと》った少女の姿がそこにはあった。

それを見て、ミラは妖艶に笑う。

「ふふっ。やっぱり来たわねぇ、アンジェラ！」


彼女の顔を、ミラはよく知っていた。

むしろ、彼女の名前と顔を知らない者の方がこの国では少ないだろう。

《氷の騎士姫《きしひめ》》アンジェラ・カース。

未《いま》だ十代でありながら、その腕は国一番とまで言われるほどの豪の者だ。

あんなものが、怒り猛《たけ》りながら追いかけてくるなど、誰であっても怯《おび》え、恐れ、諦める……そんな状況だ。

しかし、ミラは普通とは違った。

それも大幅に。

全く怯えることなく、むしろ口笛を吹きながら楽しそうに腰に差された二本の剣を抜いて、迎え撃っ。

——ギィイイィン!!


と、アンジェラの振り下ろした大剣が、二本の剣をクロスさせたミラによって受け止められた。

そのまま、ギリギリと鍔《つば》迫《ぜ》り合《あ》いが始まり、二人の顔が近づく。

「……ミラ・スケイル、貴様……陛下の寝所に忍び込むなど……何をしたか分かっているのか!!」

アンジェラが怒り心頭、といった様子で叫ぶ。

しかし、ミラの微笑《ほほえ》みを崩すには至らない。

ミラにとって、アンジェラの言葉は自明だからだ。

何をしたか？

そんなものは、はっきりしている。

なぜって、人殺しがミラの《仕事》なのだから……残念ながら、失敗してしまったけれど！

だからミラは答える。

「うーん、本当ならちゃんと殺してあげたかったんだけどねぇ！　貴女《あなた》のところの陛下、準備が良すぎない？　古代魔道具があったんだけどぉ！　そのせいで私こんなだよ、こんな！」

口から滴る血を見せびらかしながら、ヘラヘラと笑うミラに、アンジェラは意外な反応を見せた。

「……どうりでいつもの勢いがないわけだな。ミラ・スケイル……お前のことは、敵ながら尊敬すべきところもあった。その腕、その力……暗殺者だというのに、いつも真正面から挑んでくる馬鹿みたいなやり方……」

「えぇ、酷《ひど》すぎない？　馬鹿って。私結構賢いんだけどなぁ!!」

「確かに馬鹿にはそれだけの魔術を多重励起など出来んだろうよ。だがその生き方は、馬鹿だ。しかし今日ばかりは違う――なぜ、汚い手で陛下の命を狙った!?　貴様は……貴様は!!」

なぜか、殺しにかかってきているアンジェラの方が、よほど泣き出しそうな表情をしている。

そのことにミラは困惑しつつも、言う。

「暗殺者に期待しすぎだってぇ！　いつもだって真正面からやっても簡単だからそうしてただけだし？　今回はちょっと難しかったからさぁ!!」

「そんな筈《はず》はない……貴様は……貴様は……」

「可愛《かわい》い可愛い、アンジェラちゃん、敵である貴女が私の何を知ってるのかなぁ……？　ま、でもそんなに敬ってくれるんだったら、今日は見逃してくれてもいいのよぉ？　そうすれば……次こそは王サマの暗殺を成功させるけど、ねっ!!」

「……所詮は、暗殺者、か……私の目が曇っていたのかもしれん……であれば……」

――ガキィン！

とミラは吹き飛ばされる。

そして、アンジェラの纏っていた雰囲気が変わった。

彼女の体から強力な魔力が噴き出す。

「本気ってわけ……!?　ならこっちも……」

同時に、ミラの体にも恐ろしいほどの力が集約されていく。

しかし……。


「……げ、げほっ……」

膨大な魔力の集約は、体に巨大な負担をかけた。

その結果、かろうじて血が止まりつつあった腹部の怪我《けが》が開く。

喉に血が絡み、集中力がわずかに落ちる。

「ミラ、お前は私が考えていたような人間ではなかったのかもしれない。ただそれでも……。こんな決着の付け方は、望んではいなかった……」

アンジェラの方は何の問題もなく、魔力の集約が終わる。

大剣が、蒼《あお》く輝く魔力光に包まれていた。

魔剣術の極致と言われる技術である。

体が万全の状態であれば、ミラにも使えるものだ。

むしろ、昔ならアンジェラは使えず、ミラがそれをもってアンジェラの追撃を軽くあしらってきた。

それが今や……。

「……さらばだ、ミラ。お前の名前を私は忘れることはないだろう」

どことなく敬意すら感じる表情でそう言い切ったアンジェラ。

そんな彼女に、何か嬉《うれ》しく思ったミラは言う。

「ふ、ふふ……言うねぇ!! いいよ。来な……さいな!!」

しかし、ミラにはもはや、一切の余裕はなかった。

それでも嘯《うそぶ》いてみせることが、ミラの暗殺者としての矜持《きょうじ》だった。

それが、自らが望んでもいない矜持だとしても。

そして、アンジェラが駆け出し……大剣が閃《ひらめ》き、決着が訪れる。

「……ぐ、ぐふ……」

口から大量の鮮血が吐き出される。

もちろん、ミラの口からだ。

体に巨大な切り傷を刻まれ、ミラはそのまま崩れ落ちる。

空を見上げたような状態で。

奇《く》しくも、目の前にあったのは美しく輝く星空だった。

「……綺麗《きれい》な夜空」

そこに。

「……最後に見る景色としては上々だろう。ミラ・スケイル……」

アンジェラの美しい顔が視界に入り込んでくる。

彼女の黄金の髪が流れ、そこに星空の光が映り込み、幻想的な美しさを醸し出していた。

まるで天使のようだった……ミラにとっては、死の天使でしかないわけだが。

「アンジェラちゃん……そうだねぇ……確かにそうかも。それにしても、強くなったんだねぇ……」


死を前にすれば、全ての憂いは解き放たれる。

だから惑うな。

お前の手は、人の憂いを解き放つために役に立つのだから。

昔から教えられてきた、その言葉が事実だったことを、ミラは死の間際になって感じていた。

口からスラスラと、素直な気持ちが吐き出される。

今まではアンジェラのことなど、煽《あお》りに煽って生きてきたというのに。


「……ミラ。お前、何を……」

「別に？　思ったより悪くない最期だからさぁ……仕事の失敗だけはいただけないけどぉ……」

こんなに穏やかに死ねるのだとしたら、それこそ上々だろう。

星空の下、人生最大の好敵手《ライバル》であった死の天使に見送られながら、安らかに暖かな闇が迎えてくれるのだ。

今まで数え切れないほどの罪なき人々を、自分のために冥界に送ってきた悪人の最期としては、最上の終わりだと言える。

けれど、そんなミラを気遣わしげに見つめ、アンジェラは絞り出すように尋ねる。

「……何か、ないのか。恨み言とか……」

面白いことを言うな、と思った。

そんなもの、自分に言う資格などない。

誰の遺言もまともに聞かなかった自分には。

ただ、口は思ってもみなかったことに、勝手に動く。

「ないない……あ、でも……あれかな……」

「なんだ」

身を乗り出すように尋ねるアンジェラ。

その言葉は思ったよりも素直に口から吐き出された。

「暗殺者になんて、生まれたくなかったなぁ……」

言って、あぁ、そうなのかぁ、とミラは自分でも思った。

いや、本当は気づいていた。

昔から。

暗殺者の一族に生まれ、才能を認められて研鑽《けんさん》を重ね、そして最上の腕を持つ暗殺者として名を知られ……。

それでもなお。

自分が望んだ人生は、これではなかったのだと。

ただそれを口にすることは、思いを形にすることは、自分には許されていなかっただけで。

周囲から頭がおかしいと言われるほどに適当なことばかり喋《しゃべ》ってきた自分だったが、それだけは言えなかった。

何が好き勝手に生きる狂人なのだろう。

むしろ雁字搦《がんじがら》めで、自分の意志なく生きてきただけの、愚か者だ、これでは……。

しかし意外なことに、そんな思いを込めたミラの台詞《せりふ》は、どうやらアンジェラには思いもかけないものだったらしい。


「……なんだと？」


それが、ミラの最後に聞いたアンジェラの言葉だった。

いや、厳密に言うなら、アンジェラの叫び声のようなものがいくつも聞こえた気がする。

肩を摑《つか》まれるような感覚も。

ただ、死の間際の鈍い知覚では、それも揺り籠のように心地いい揺れに過ぎず……。

（もしかしたら意外に悪くない人生だった、かもねぇ……）

視界全てが真っ暗闇に染まる直前、ミラはそう思ったのだった。


――あぁ、暗い。


深く暗い闇の底に、今自分がいることをミラは自覚した。

死は救済だとか解放だとか、そう教えられて三十年近くを生きてきた自分である。

けれどもこうして実際に体験してみると、それがいかに心細く、辛《つら》いものかを少しだけ理解できた気がした。

しかしそれと同時に、確かにここにはある種の救いがあるかもしれないとも思う。

生まれたその時から暗殺者一族の人間として育てられてきたミラにとって、人生はその瞬間から決まっていたようなものだった。

人を殺して生きていくことが。

そのために必要なありとあらゆる技術がミラに叩《たた》き込《こ》まれたことは感謝している。

お陰で生きていくことそのこと自体にはさほどの苦労はなかったからだ。

ミラには才能があった。

人を殺す才能が。

どんな相手であってもその力でもって倒しきる能力が。

しかし問題があったとすれば、才能がありすぎたことかもしれない。

《指令》に従って仕事を一つ一つ、確実にこなしていくミラは、暗殺者としてそのまま順調に評価されていった。

気づけば《最強の暗殺者》と呼ばれるようになり、ありとあらゆる要人から恐れられる存在となっていたのだ。

そのことに多少の達成感がなかったとは言えない。

ただそれでも、今この場で考えてみるに特にミラは、人殺しが好きだったというわけではなかった。

戦うこと自体は好きだったけれど、何の手応えもない相手の命を奪っていくことには何か虚《むな》しさのようなモノがあったように思う。

あれは……。

いや、ことここに至って思い出しても仕方がないことか。

それにもう自分はあんなことを繰り返す必要はないのだ。

自分は死んだ。

永遠に《仕事》に精を出す必要がない存在となった。

そのことは、確かに救いに他ならない。

出来ることなら、もっと別の救いがあってくれてもよかったな、と思わないでもないが今更なことだ。


そんなことを考えながら一体どれくらいの時間が経《た》っただろうか。

何も見えない暗闇の中でずっと、まるで水の中に沈んでいるようだった。

しかしそんな自分が急速に何かに引き上げられるような感覚を覚えた。

やめてくれ。

私はもう終わった人間なのだ。

だからずっとここにいる……触れないでくれ。

そう願い、抗《あらが》おうとしたものの全くの無駄で、意に反して引き上げられていく。

暗闇から徐々に光へと近づいていく。

眩《まぶ》しい。

あれは死んだ自分にとっては触れるべきではないものだ。

あの中にはたくさんの善きものがあって、それを自分はひたすらに奪い続けてきた。

戻る資格などない。

そんな気持ちが自然に浮かんでくる。

だが、それでもどうにもならなかった。

光は徐々にミラの視界を真っ白に染め上げていき……。


「……ミラ。ミラ……！」

自分の名前を呼ぶ声がする。

それはとても優しく、穏やかなものであった。

少なくとも今まで生きてきた三十年近くの間に聞いたことは数えるほどしかないもの。

それも、ミラ自身をそのように呼ぶ声など、まずなかったというのに、今確かに自分はそう呼ばれていた。

だから、何か返事をしなければ。

そう思って喉に力を入れてみると……。

「あぁ……おぎゃあ……おぎゃあ……」

言葉にならないそんな声だけが喉から発せられた。

他に何か言おうとするも全くの無駄で、これは一体どういうことかと不思議に思う。

そういえば、どうにも体が重いというか、自由に動かないような気がする。

今まで三十年近く、体を鍛え上げることに血道をあげてきたというのにその修練が裏切るはずもない。

なのにおかしいと思う。

そんなことを考えていると、ふわりと自分の体が持ち上げられたのを感じた。

そんな馬鹿な。

ミラの体は確かにそこまで重くはないだろう。

同年代の成人女性と比べるとあれだが、少なくとも成人男性と比べれば相当に軽い方だ。

けれどもだからといってそう簡単に持ち上げられるような体重をしてはいない。

にもかかわらず、たった今自分の体を持ち上げた人間には一切の力みが感じられなかった。

それに、おかしい。

自分の体は今、その人物の胸元に抱えられていて、ゆっくりと揺すられている。

若い女性のようで、優しげな微笑みをミラに向けながら、心地よくなるような歌を歌っている。

あぁこれは……そうか。

子守唄だ。

はるか昔にどこかで聞いた覚えのするような節だ。

それを聞いているうち、少しずつ瞼《まぶた》が重くなっていき、ミラの意識は暗闇へと沈んだ。

――不思議なことがあるものね。


あの時から、ミラ・スケイルは何度も深くそう思った。

いや、厳密に言うとそうとすら言えないのかもしれない。

なぜなら、今の自分はミラ・スケイルですらないからだ。

こんなことを言えば大抵の人間はミラの頭がどうかしてしまったのかと思うかもしれない。

だが紛れもない事実としてそう言うしかないのだから仕方がない。


つまりどういうことかというと、ミラは生まれ変わったのだ。

ミラ・スケイルから、ミラ・スチュアートとして。

なんの因果か同じ名前になったが、ファミリーネームは異なるから別人としてだ。

母の名前はクロエ、父の名前はレイモン。

家は生活にはなんとか困らない程度の地方貴族家で、爵位は男爵らしい……。

要するに貴族とは言っても、生活としては普通の村人に近いようだった。

青き血の主《あるじ》として豪奢《ごうしゃ》の限りを尽くしているみたいなことは全くなく、母であるクロエは自らの手で家事をするし、父も書類仕事はそれなりにあるようだがそれでも村人と一緒に作業をすることの方が多い。

つまりはその程度の貴族ということだ。

領地だって小さな村が一つとその周辺の土地くらいだ。

ただ、この周辺の土地というのが意外に面白く、広さだけなら伯爵領にも匹敵する広大なものだという。

どうしてそんな土地を貴族というよりもはや平民に等しいスチュアート家が持っているのかと言えばこれも簡単な話で、それが全く活用のしようがない土地だからだ。

ラムド大森林と呼ばれるそこは、その名の通り広大な森林であり、開拓すればそれだけで多くのリターンが得られそうに思うが、実際にはそれは不可能だと言われているらしかった。

というのもラムド大森林の中には強力な魔物が大量に跋扈《ばっこ》しており、通常の人間などとてもではないが足を踏み入れることすら出来ない魔境だからだ。

スチュアート家はそんな魔境の端っこを、かつて曲がりなりにも開拓したという実績でもって今のミラの祖父の代に男爵に任じられ、それ以来ここを領地にしているということらしい。

そういった話を、ミラは転生して十年の間に両親や村人達から聞いて育った。

「しかし、平和なもんだなぁ……前世の血と泥に塗《まみ》れた生活が嘘《うそ》みたい」

聞かれてはまずい独り言を誰にも聞かれないように静音結界を張りながら村を歩きつつ、ミラはそんなことを呟いた。

この十年、自分の状況についてありとあらゆる意味で把握してきた。

もちろん、可能な限り目立たずにだ。

流石にどうやら生まれ変わったらしいこと、スチュアート家の子供だということはすぐに分かったものの、それ以外のこと……自分が死亡してからどれくらいの時間が経っているのかとか、昔の知り合いがこんな風になった自分を探していないかとか、そんなことも含めて知るべきことは山ほどあった。


その中でも一番重要なのは当然、前世における知り合いのことだろう。

言うまでもなく、ミラ・スケイルは暗殺者だった。

それもその腕は最上と言われるほどのもの。

奪った命は数知れず、そしてそれだけに知っている秘密は恐ろしいほどにある。

《組織》としてはミラがはっきり死んだと確認できない限りは心配だろうし、そうである以上探し続けるに決まっている。

とはいえ、ミラは自分がアンジェラに確かに殺されたことを覚えている。

だからこそこうしてミラ・スチュアートとして生まれ変わっているのだろうし、その意味では見つけられる心配など無用かもしれない。

ただ、そもそも陰の者として生きてきたミラの生死が果たして正確に《組織》に伝わっているのか、というのが心配だった。

アンジェラがミラの死体を持ち帰り、確かに死んだと報告し、その情報を《組織》が得ていればそれでいいのだが……。

そうでなければ、《組織》はミラを探し続けるだろう。

悩ましいところだった。

とはいえだ。


「悩んでも仕方ないか。それにせっかくこうして生まれ変わったんだし、前は出来なかったことを沢山したいなぁ」


ミラは一人、そう呟く。

そう、以前出来なかったこと。

暗殺者として生きている以上、望むことすら許されなかったことだ。

ミラは生まれてからこの十年、考え続けた。

そのうちの大部分は、前世にまつわる心配事が占めていたが、十年も経つと流石に思う。

流石にもう、大丈夫ではないか？

そういうことを。

そもそも生まれ変わりという考え方はこの世に存在しているが、それを実際に確認したなんていう者は、それこそ宗教の経典の中にしか存在しない。

つまり真面目にそんなことが起こると信じている者など、ほとんどいないと言っていい。

仮にいたとしても、そんな奇跡が降りてくるのはよほどの聖人・聖女の上にであって、そんなものとはまるで正反対の生き方をしてきた罪深いミラが生まれ変わりなどするとは、それこそ、その仕事ぶりを評価してくれていた《組織》ですら信じないに違いない。

だから、もう気にしないで生きていって良いのだと、そうミラは思いつつあった。

であれば、そろそろ好きに生きる、そのために動き出しても良い時機だろうとも。

この十年、とにかく《組織》に嗅ぎつけられることを避けるため、普通の子供として擬態しながら暮らしてきた。

言葉遣いも以前のものとは変えているし、魔術などについてもあまり使わずに過ごしてきた。

武術・暗殺術の訓練だけはしなければ感覚が鈍《なま》るため、早起きして、可能な限り人目につかない場所で行ってきたが、その程度だ。

そしてそれでも、あまり根を詰めすぎて異様な筋肉の付き方にならないように気を遣ってきたから、たとえ脱いでも普通よりは引き締まった体をした子供かな、と思われる程度に抑えられている。

だが、流石にもういいだろう。

実力をセーブすべき期間はもう過ぎた。

ここからは望むように、好きなように生きていいはずだ。

ミラはそう思った。


ただ、いくら好きなように生きると言っても、周囲から遠巻きにされるような生き方を最初からするつもりはない。

少なくとも、村にいる間に村人達から避けられるようになったら面倒くさいことを、ミラは理解していた。

確かにミラは元々暗殺者で、一般人から見ればとてもではないが普通とは言えないような生き方をしてきた。

しかし、常識が全くないかと言えばそんなことはない。

むしろかなり常識的な感性も持っている。

何せ、暗殺という稼業をする中で、社会のどこかに紛れ込むという工程が必要となるものは決して少なくなかったからだ。

それこそその辺の村人として紛れ込んだり、騎士の振りをしたり、商人の真似事《まねごと》をしたり、仕立屋のお針子になったりなど、様々な経験と技術を身につけてきたくらいだ。

そんな中でまるで常識が無い、なんていう人間が最上の腕を持つなどと言われることなどあり得ない。

だから、村でどのように振る舞うべきかというのは大体分かっていた。

ただそれでも、好きに生きる、という考えを実践するためにはあまり窮屈に暮らしても仕方がないわけで、ある程度は妥協するつもりではいた。

それはどういうことかと言えば……。


「……くそっ！　ミラ！　なんでお前はそんなに強いんだよ……！」


汗だくで息をぜぇぜぇと切らしながら、地面に仰向《あおむ》けになっている少年がそう言った。

髪を短く切りそろえたやんちゃそうな彼の横には木剣が転がっている。

彼の名前はジュード。

ミラと同じ十歳の少年で、生まれたときから共に育ってきた、いわゆる幼なじみだ。

彼がなぜそんな疲労困憊《ひろうこんぱい》の状態にあるのかというと、それはたった今、村の自警団主催の訓練において、ミラと模擬戦をして敗北したところだからだ。

そして彼の隣にはもう一人、スカート姿の少女が腰掛けていて、ジュードの姿を微笑みながら見つめて言う。

「仕方ないよ。ミラちゃんにはもの凄く才能があるって、自警団のおじさん達皆が言ってるもん。それでもジュードだって子供の中では二番目に強いんだから、凄いよ」


彼女の名前はアルカ。

ジュードと同じで、十歳の少女だ。

柔らかい微笑みに穏やかで可愛らしい声。

一部三つ編みにされた淡い茶色の髪が風に揺れる姿は穏やかそうで、周囲を癒やすような雰囲気を放っている。

そしてだからこそ、彼女の傍らにも木剣が置かれているのがどこか不似合いに見える。

実のところ、彼女もまた、自警団の訓練に参加しているのだった。


「そしてアルカが三番目だろ。なんでこの村の女はそんな強いんだよ……まぁいいけどさ。それよりミラ。これが終わったらまたアレするんだろ？」

ジュードがこっそりとそう言ってきた。

ミラはそれに頷《うなず》いて答える。

「うん。その予定。また二人とも一緒に来る？　別に無理して来なくてもいいんだけど」

「無理なんてしてねぇ。それにさっさと強くなれるなら、その方がいいからな。親父《おやじ》達にバレねぇか、それだけがちょっと心配だけど……」

「その辺は気を遣ってるから大丈夫だよ。ただ、何かあったら私のことは放っておいて逃げること。それだけは守ってね」

ミラの言葉にジュードはばつの悪そうな表情を浮かべる。

「……そんなこと、男が出来るかって言いたいんだが……お前俺より強いしなぁ。その方がいいか。それにそうすりゃ大人を呼んでくるくらいのことは俺にも出来るし」

これにアルカが続けて言う。

「そうだよ。でも、大人を呼んでこなくたって、ミラちゃんはなんとかしちゃいそうだけどなぁ」

その視線には疑いが宿っているように見えた。

実のところミラはとりあえず、戦いの技術を持っていても不自然に思われないようにするため、一年前から村の自警団の訓練に参加することにした。

ジュードとアルカも幼なじみのよしみでそれに続いたわけだが、二人ともこの一年間、ミラとずっと一緒に過ごしていたからか、ミラの実力について何か違和感を抱き始めているらしい。

ジュードがなんでそんなに強いのか、とわざわざミラに聞いたのもその疑いの一端だろう。

「どうかな。でもそう簡単に死ぬつもりはないし……あ、解散みたい。じゃあ二人とも、行こっか」

自警団の大人が「じゃあ今日はこんなところで解散！」と言うと同時に、集合していた者達は各々の仕事に移るために去っていく。

自警団は村に魔物が襲ってきたときなどに対応するための、自主的な集まりだが、この村のそれは他の地域のそれと比べてかなりレベルが高い。

そんなことはジュードもアルカも知らないだろうし、もしかしたら自警団に参加している大人達すらもほとんどは自覚がないかもしれない。

ただ、ミラはよく知っていた。

何せ、世界各地の様子をミラは前世において沢山見てきているからだ。

普通の村であれば、ただの村人がこれほどに武術を鍛え上げることはない。

魔物が出現した場合には騎士や冒険者などに頼んで退治してもらう。

村人はせいぜい、彼らが来るまでなんとか抑えきるくらいが目標だ。

だが、この村の人達は、その辺の魔物程度なら自分の手で倒してしまう。

それは、この村がラムド大森林などという魔境に接している立地に基づく。

普段は魔物など、出現してもゴブリンやスライム程度でしかないが、一年に何度かは、ラムド大森林を追い出された、はぐれと呼ばれるそこそこ強い魔物がふらふらと村にやってくることがあるからだ。

そしてその際に自警団は活躍する。

騎士や冒険者などに頼ることなくだ。

これは驚くべきことだった。

ただ、そんな自警団員も、それが本職というわけではなく、あくまでも本業の合間に行っているに過ぎない。

訓練も日が昇らないくらいの早朝から行い、そして朝食前には終えて家に戻っていく。

そしてそのまま、農民なら野良仕事に、職人なら作業場へと向かうのだった。

しかしながら、ミラ達はまだ十歳だ。

たまに簡単な、子供にも出来る程度の仕事を命じられることはあるが、その大半は手が空いている。

だからその空いた時間を使って、ちょっとした《遊び》をしているのだった。


「いつ来てもおっかねぇな、ここは」

そう呟いたのは真剣を手に持つジュードであった。

アルカもまた、剣を持っており、ミラもまた同様である。

もちろん、村では子供に対して真剣などを与えることはない。

村で握れる刃物はせいぜい包丁や薪《まき》割《わ》りのための鉈《なた》くらいだ。

それなのになぜ、三人ともが真剣など持っているのかと言えば、簡単な話で、それはここ……ラムド大森林で調達したからに他ならない。

ミラがそう言うと、ジュードは、

「しっかりと周囲を警戒して歩くんだよ。あと、いつも言ってるけど足下には十分気をつけて。ほら、そこに目立たないけど木の根があるよ」

「うおっ」

と慌てて足を上げて避ける。

鬱蒼《うっそう》とした薄暗い森の中は視界が悪く、慣れないと歩くのも厳しい。

そんな場所に三人で来ているのにはそれなりに理由があった。

「今日は中々見つからないねぇ。昨日は森に入ってすぐにいたのに」

そう言ったのはアルカであった。

彼女が言及しているのは、森の中に出現する存在……三人が目標とするものについてである。

「昨日は運が良すぎたかもね。普通はこれくらいの場所じゃそうそう見つからないもんだよ」

ミラがそう言うと、ジュードが首を傾《かし》げて尋ねる。

「そうなのか？　確かにこうしてお前に森に連れてきてもらって一週間くらいだが、中々遭遇できてねぇもんな……」

「そうそう。でも今日は見つけるよ」

言いながら、ミラは思う。

（ま、この一週間は二人に森に慣れてもらうためにほとんど避けてきたからなんだよね。そろそろ次の段階に進んでもいいかも）

と。

ジュードとアルカが、このミラの危険な森歩きに参加するようになったのは実はそれほど昔のことではない。

一週間ほど前に、ふらっと村の外へと出て行こうとするミラを二人が見つけて、その時についてきたのが最初だった。

ただ、二人が後ろから追跡していることに、ミラは実は気づいていて、それでもあえて放置した。

その理由は色々あるが、一番はミラが村の中でたった一人、強くなっていくというのはいかにも怪しいと思ったからだ。

それよりも、同じようなペースで強くなる仲間がいた方が、周囲からは怪しまれない。

同じような環境で同じように強くなっているということは、そういう環境だったのだろうと自然に思われるから。

だからこそ、最初から誰か同年代を仲間として引き込むつもりだった。

しかし本当ならそれは簡単なことではないはずだった。

何せ、強くなるためには才能が要るからだ。

たとえば、普通の村人はまず、魔物など倒すことは出来ない。

せいぜい二、三人がかりでゴブリンなどを倒すのが限界だろう。

それには理由があって、人間……特に祖種《そしゅ》と呼ばれるいわゆるヒューマンが魔物とすら戦える力を得るためには、何かしらの特殊な力を持っている必要があるからだ。

たとえば、魔力。

この世のあらゆるものに宿り、巡っていると言われる不可視のエネルギーである。

これを自らの意志で扱えるようになれば、身体能力を強化したり、火の玉を放ったり、水を生み出したり出来るようになる。

ただ、この世のあらゆるものに宿っている、とは言っても実際にそういった特別な力を扱うためにはある程度以上の魔力量が必要とされていて、その必要最低限に達している者は少ないと言われる。

他には、法力。

これは神に仕える神官などが加護として賜る力と言われ、他人の傷病を治したりすることが出来る力だ。

また、悪《あ》しき者を退ける聖なる力であると言われるように、ゴーストなど物理的な力では触れられない存在を払うことが出来たりもする。

その他にも闘気や精霊力と呼ばれる力など様々なものがあるが、いずれにせよ、そういった力は特別な人間が特別な訓練でもって身につけるものと見なされていて、その辺の村人が容易に使えるようなものではないというのが一般的な理解だった。

それだけに、ミラも誰を鍛えるか本来なら苦労して探す必要があったのだが、それはすぐに解決した。

　というか、初めから解決していたと言って良い。

　なぜなら、他ならぬ幼なじみである二人に、明らかに魔力が宿っていて、それは魔術と呼ばれる力を使うに足りるほどのものだったからだ。

　それも、そんじょそこらの才能ではなく、修行さえすればかなり上を目指せるほどのもの。

　意外な話であったが、ミラにとっては都合のいい話で、だからこそ二人をこの森歩きにさりげなく引き込んだ、というわけだった。


　そんなことを考えながら三人で森を歩いていると……。


「おっ、ミラ！　いたぜ！」

　ジュードがふと声を上げる。

　しかしアルカが、

「しっ！　ジュード、逃げちゃうよ」

　とすぐに注意し、三人で体勢を低くした。

　ミラ達の視線の先には、魔物がいた。

　透明な水を固めたような体を持つ、一般的な魔物……つまりはスライムである。

　世界各地に生息し、そのバリエーションは無数だともされる魔物だ。

強力なものだと高位の騎士や冒険者でも相手にならない場合もあると言われているが、三人の目の前にいるものは、魔物の中でも雑魚《ざこ》として扱われることが多い種類の、水スライムとかノーマルスライムとか呼ばれるものだった。

もちろん、それでも一般人にとっては馬鹿に出来ない存在だ。

不定形の体を持ち、もしも飛びかかってきて顔などに張り付かれたらそのまま窒息しかねないからだ。

ただし、弱点さえ知っていれば恐れることはない。

「二人とも、水スライムの弱点は覚えてる？」

ミラが二人にそう尋ねた。

一週間前から、ミラは歩きながら二人に森の歩き方に留《とど》まらず、魔物の知識……倒し方やその習性などを教え込んできた。

さりげなく、家にある本で読んだとか、誰かに聞いたとか誤魔化しながらだ。

ただ、最初は感心していた二人も、徐々にやはり変だ、とは気づいていった。

いくらミラの実家が男爵家とは言っても、そんなに細かな魔物の倒し方の知識などを一人娘にわざわざ教え込むわけがなく、また本があるといってもまるで実際に闘ったことがあるかのように語るミラを、おかしいと思わない方が変な話なのだ。

ただ、その辺りを細かく突っ込まないだけの分別を、既に二人は身につけていた。

ジュードにしろアルカにしろ、ミラがどこか変わった少女であることを大分前から理解していたからだ。

幼なじみとはそういうものだということだろう。

だから二人とも、ミラの質問に素直に答える。

「あぁ、体の中心にある核だったよな。そこを破壊すると結合が崩れて死んでしまう」

ジュードがそう言った。

アルカも続ける。

「でも、近くで見ても分かりにくい色をしてるから注意して見ないといけないんだよね。内臓とかがちょっとだけ色づいているから、その辺りを目印にすると分かる……あの辺だね」

目の前のスライムに気づかれないように指を差した。

アルカの指は正確にスライムの核の位置を示している。

ミラは生徒達の優秀さに頷いて、微笑む。

「うん。それでオッケーだよ。そこまで分かってるなら、倒せるかな……今日は二人だけでやってみる？　周囲に他の魔物の気配はないいし」

「え、いいのか？　昨日は俺達じゃ危ないからって、ミラがやっただろ」

「あの時は三匹いたからね。でも今日は一匹だけだし。もしかして怖い？」

「ばっ、こ、怖いわけじゃねぇ！　……いや、やっぱりちょっと怖いかも」

男の沽券《こけん》に関わると思ってすぐに否定したジュードだったが、そもそもが思慮深いタイプだ。

少し考えて、すぐに素直にそう言った。

ミラはそれに笑って言う。

「敵を恐れるのは何も恥じることじゃないよ。むしろ、怖がらない方が危険だから、ジュードは正しい」

「そうなのか……？　だけど英雄はどんな敵も恐れないって言うだろ」

「そういうことも必要なときはあるけどね。でも、危ないことをこれは危ないって思えない人はすぐに死んじゃうから……ジュードは長生きできそうだね」

そんなことを辺境の村の少女にすぎないミラが知っているはずがない。

ジュードもアルカもすぐにそう思ったが、語るミラの瞳や雰囲気が、その言葉に深い説得力を与えていた。

二人ともごくりとつばを飲み込んだが、次の瞬間、ミラは表情を明るいものに変える。

「まっ、スライムくらいじゃ二人がどうにかなることはないから。さぁ、頑張って倒そう！」

と言ったミラを見て、緊張がほどける。

「分かったよ……でもこの剣、大丈夫なんだろうな？　森で拾ったものなんだろ？」

改めてジュードが尋ねると、ミラは言う。

「この森で死んじゃった騎士か冒険者のものだからね。不安だろうけど、ちゃんと使えるかどうかは確認してるから安心していいよ。手入れもしておいたし」

三人が握っている真剣は、森で見つけたもので、いずれもミラが白骨死体の横に転がっていたものを拾って手入れし、使えるようにしたものだった。

整備するための道具も森の中で拾い集めた。

ラムド大森林は確かに魔境で、余人には立ち入れぬ危険地帯ではあるけれども、それだけに貴重な素材が多いことでも知られている。

そのため、命知らずが足を踏み入れ、そしてその命を散らすことも珍しくないのだった。

そんな所を今、子供三人で歩けていること自体がおかしいのだが、全てはミラが差配しているがゆえだ。

普通はこんなところを脆弱《ぜいじゃく》な子供三人で歩いていればすぐに魔物に発見されてそのまま胃袋の中に収まる。

しかしそうならないように、ミラは危険な魔物の存在をいち早く察知し遠ざかったり、こちらに近づこうとするものに威圧をして遠ざけたりしながら、安全にジュードとアルカに森の歩き方を教えているのだった。

ちなみに、水スライムほどの魔物となると、ミラの威圧に気づくほどの知能もないために逃げずにその場に留まってしまうことも多い。

それをちょうどよく利用して、ジュードとアルカの修行相手として活用しようというわけだった。

「じゃ、じゃあ私から行くよ？」

アルカが真剣の柄《つか》を握りしめる。

彼女もジュードには一歩劣るとはいえ、それなりに戦える技能を身につけているのだ。

加えて、勇気はジュードよりもある。

だからミラは背中を押すように言った。

「二人がかりでもいいけど……そうだね。一人ずつの方がいいかもね。ジュードは次でもいい？」

「俺は構わないけど、そう簡単に次が見つかるのか？」

「まぁそれは頑張ろうよ。じゃ、アルカ。頑張って」

「うん！」

アルカはゆっくりと立ち上がる。

水スライムは眼球など、外部の情報を直接感知する器官を持たないように見える。

けれど、実際にはそうではない。

距離はかなり短いものの、微弱な魔力を周囲に飛ばし、そしてその反射を感じ取ることで周囲の状況を把握していると言われる。

だから、不用意に近づくのは危険だ。

ただし、それでも倒すつもりであれば、弓矢や魔術を使えない限りは近づくしかない。

アルカにはそのどちらも使えないのだから、真剣での近接戦を挑むほかないのだ。

そのためには、武器の間合いに入るまで、気づかれない方がよく、アルカは慎重に距離を詰めていく。

そして……。

「やぁぁぁぁぁ！！！」

裂帛《れっぱく》の気合いを込めて、アルカは剣を振りかぶった。

その瞬間、水スライムはぷるん、と震えてアルカの存在を感じ取った。

不定形のその体の一部を触手のようにしてアルカに向かって伸ばし、攻撃しようとする。

けれど、アルカはそんな水スライムの触手を見切り、体を少しずらすことで避けてみせた。

そのまま剣を振り下ろし……。


——ズブッ！


と、水スライムの体の中に入り込む剣。

それはそのまま奥まで入っていき、体の中心に達した。

そう見えた瞬間。


——パシャッ！

水スライムの体は急激にその結合を失い、崩れてただの粘性の液体へと変わった。

アルカはそれを見てもまだ構えを解かないが、しばらくの間、水スライムの様子を見つめて、完全に沈黙したことを確認するとミラ達の方に振り返り、パッと表情を笑顔に変えて言った。

「二人とも、やったよ!!」

嬉しそうにかけてきたアルカに、ミラとジュードはそれぞれお祝いの言葉を述べる。

「アルカ、良くやったね。油断せずに残心してたところも完璧だった」

「俺だったら崩れた時点で喜んじまうぜ……アルカは冷静だな」

これにアルカは言う。

「しっかり教えられた通りにしただけだから、大したことはないんじゃないかな」

けれどミラはそんな彼女の肩をぽんと叩き、励ますように言った。

「ううん。どんなことでもそうだけど、言われた通りにこなすこと、これが出来る人は意外に少ないから。才能と言っていいと思うよ。素直に何かに取り組める人は、伸びる。だから、アルカは胸を張っていいいよ」

「そう、かな?」

「そうだよ」

「なら、そうするね……あっ、でも次はジュードの番でしょ？　水スライム、探さないと」

これにジュードは、

「そうだな！　早く行こうぜ！」

と言ったがミラが首を横に振って言う。

「その前に、素材を採取しないと。水スライムの体液は色々と使い道があるって教えたでしょう？　それに……あ、あったあった」

崩れた水スライムに近づき、その中から何かを探し出して指で摘《つ》まんだミラ。

「……それってもしかして？」

アルカが尋ねると、ミラは頷いて微笑んだ。

「そう。これは《魔石》だよ。村でも魔道具に使うし、それこそ自警団の皆が定期的に手に入れてくるから見たことはあるよね」

「うん。でもこんな風に自分の倒した魔物から採取できたのは初めてだから、新鮮」

このアルカの言葉にミラは少し、しまった、という表情を浮かべる。

「……そういえば、アルカに採取してもらうべきだったかも」

けれどアルカはこの言葉に慌てて首を横に振る。

「う、ううん。別にそれはいいの。倒したことだけで満足だし……。倒し方はミラに教わったものだし。その魔石だってミラのもので……」

ただ、そう言ったアルカの目にはどこか、物欲しそうな色が浮かんでいた。

ミラは苦笑して魔石をアルカに差し出す。

「アルカ。これはアルカが倒した魔物のものなんだから、アルカのものだよ」

「え、でも……」

少し困惑したように魔石とミラの顔を見るアルカ。

ミラは続ける。

「私は水スライムくらい、いつでも、いくらでも倒せるから。そんな私が貰《もら》うより、アルカの魔物初討伐記念になった方が、魔石も喜ぶよ」

魔石にそのような意志があるかどうかは謎だ。

だが、それがミラの正直な気持ちであることをアルカは感じた。

だから頷いて魔石に手を伸ばす。

「……じゃあ、お言葉に甘えて。でも、こんなものお父さんとお母さんに見つかったら怪しまれちゃうかな？」

これにはジュードが、

「そんときはその辺で拾ったとでも言えばいいだろ」

と提案する。

「え？　でも……」

困惑するアルカ。

しかしジュードに続けてミラも言う。

「意外といいアイデアだと思うよ。アルカだって、村の中に水スライムがやってくること、たまにあるの知ってるでしょう？　すぐに倒されちゃったり、そもそも弱ってて何もしなくても死んじゃったりすることもあるって。そういう時に魔石だけ残されて、後で誰かが見つけるとかもたまにあるからね」

「言われてみるとそうだね。でもこのまま持っておくのもなぁ……」

光に翳《かざ》しながらそんなことを呟くアルカに、ミラは提案する。

「今すぐは難しいけど、行商人が来て、素材を買えたら私が加工してネックレスとかにしてあげようか？」

「えっ、いいの⁉」

もの凄い勢いでミラの手を引っつかむアルカ。

これに少し引いてしまうミラ。

それでもミラはアルカに答える。

「え、うん……。幼なじみなんだし、それくらいは」

「ありがとう！　……でもミラ、彫金なんて出来たんだ？」

おっと、やぶ蛇だったか。

一瞬そう思ったミラだったが、言ってしまったものは仕方がない。

それにミラは、アルカとジュードにはそのうち、出来ることをある程度全て明かすつもりでいた。

だから言う。

「まぁね。ただ、気に入らなかったら言ってね。その時は作り直すから」

「ううん、ミラが作りたいように作ってくれれば嬉しいよ」

アルカがそんなことを言うと、ジュードが、

「おい、二人とも。話はそのへんにして、次の水スライム探しに行こうぜ。俺も早く闘ってみたい」

そう言った。

これにミラとアルカは、

「おっと、ごめんね。確かに早く探さないと日が暮れちゃうかもしれないし、急ごうか」

「一匹目を探すのにもそこそこ時間かかってるもんね。早く行こう」

そう言ったのだった。


そうして、しばらく森を歩くと水スライムは比較的早めに見つかった。

ただし問題はそれが一匹ではなく、三匹の群れであることだった。

水スライムに限った話ではないが、魔物が徒党を組んでいることは珍しくない。

水スライムのような単純な魔物だと共食いとかの危険はないのか、と思ってしまうが、実際にこいつらは平気でお互いに食い合うこともある。

ただ、どうやら今はその気配はないようで、一定の距離でうぞうぞと動いているだけだった。

「……どうする？」

尋ねるジュードにミラは言う。

「二匹は私が倒しちゃうから、最後の一匹とジュードは闘うといいよ」

「え、ミラは大丈夫なのか、それで」

心配するように尋ねたジュードに、ミラは気負いなく言う。

「全く問題はないよ。ただ……」

「ただ？」

「ジュードはちょっと大変になっちゃうかも」

「え、どうしてだ？」

思ってもみなかったミラの言葉にジュードが首を傾げたので、ミラは続けた。

「さっきのアルカの時は、奇襲をかけられたけど、今度は初めから臨戦態勢の水スライムをジュードは相手しないといけないからだよ」

「あっ、そうか……ミラが二匹倒しても、そこで残りの一匹に気づかれるから……」

「そういうこと。頑張れる？」

一応尋ねてみたが、無理だというのならここで撤退する選択肢もミラの中にはあった。

逃げることも恥ではない。

今は勝てないと思うなら、一旦撤退して実力を上げるなり、何らかの工夫をするなりして確実に勝てるようになってから課題に挑む、というのはむしろ賢い手段だ。

一番駄目なのは、暴勇に振り回されて死んでしまうことだとミラはよく知っていた。

それによってミラよりも才能があったのに若いうちに命を散らした同僚達を数知れぬほど見てきたからだ。

ジュードには彼らと同じ轍《てつ》を踏んで欲しくないと、ミラは思った。

けれどジュードの口から出てきた答えは……。

「あぁ、やってみる」

だった。

無理をしようとしていないか、体は震えていないか、ミラはよくジュードを観察してみるが……。

「……そう。うん、大丈夫そうだね。じゃあやってみようか」

そういう結論になった。

まずミラが水スライムの前に出て、手早く二匹倒す。

最後に残った一匹はミラを狙ってずりずりと近づいてくるが、

「ジュード！」

ミラがそう叫ぶとジュードが後ろに下がるミラと位置を交換する。

「よしっ、やってやるぜ！」

構えながらそう叫ぶジュード。

水スライムはやはりすでにジュードの存在には気づいていて二本の触手を鞭《むち》のように伸ばして攻撃してくる。

だが……。

「ミラの剣に比べたらこんなものっ‼」

そう言いながら、触手を二本とも切り落とした上で、水スライムとの距離を詰める。

そしてそのまま、水スライムの体の中心へと剣を突き込んだ。

すると、その瞬間、水スライムの体がぶるりと震えて、その結合を失っていく。

「……よっしゃ！」

勝利を確信して拳を握りしめるジュード。

本当ならまだ油断してはいけない、とミラは言いたかったが、

「……あんまりにも嬉しそうだし、今日は小言はやめておこうかな」

思わずそう呟く。

これにはアルカも微笑んで言う。

「それがいいかもね。水スライムならあれでも大丈夫でしょう？　もっと高位のスライムだと危ないって前にミラも言ってたけど」

「うん。高位のスライムは核を潰されてもしばらく動き続けられるからね。そうそう出くわすものじゃないけど、ラムド大森林なら探せば十分見つかるだろうし、もし遭ってしまったらアルカ、気をつけるんだよ？」

「もちろん。そもそも私、ミラと一緒じゃない限り、ラムド大森林に入るつもりはないから」

これはアルカとジュードの二人がミラについてくるに当たって、初めに約束させたことの一つでも

ある。

今日のように適度に森を歩いて、しかも魔物まで倒せてしまった結果、ミラがいなくても自分達だけでラムド大森林を歩けるんじゃないか、と思われてしまっては問題だからそう約束させたのだ。

実際にはミラがいるからこれほど魔物に遭遇したりせず、また道に迷ったりすることもなく森を歩けているだけなのだから。

それをどの程度分かっているかミラは心配していたが、アルカの方はどうやら大丈夫そうだと確信する。

ジュードの方も……アルカよりどちらかと言えばジュードの方が、よく言えば慎重、悪く言えば臆病な性格をしているので多分大丈夫だろう。

水スライムに最後、若干油断してしまったのは、あくまでミラが後ろに控えていたからだ。

そうでなければジュードも水スライムが完全に沈黙したと確信できない限りは、構えを解かなかっただろう。

「それじゃ、そろそろ二人とも村に戻ろうか？　水スライムと闘って疲れただろうし、この辺りで……ッ!?」

そう二人に声をかけたミラだったが、瞬間、キッと表情を変えて立ち上がる。

「二人とも、私の近くに！」

さらにジュードとアルカに厳しい声でそう指示したので、二人は慌ててミラの近くに寄った。

「ど、どうしたんだよ？」

ジュードが尋ねると、ミラは言う。

「イレギュラーがやってきたみたいだから。私の後ろに隠れていて。流石に今の二人には荷が重すぎる相手だと思うから」

「えっ……一体何が来たの……？」

首を傾げてそう尋ねるアルカだったが、その答えはすぐに向こうからやってきた。

どしん、どしんと重そうな音を立ててやってきたそれは、いわゆる殺人灰熊《マーダーグリズリー》と呼ばれる強力な魔物だった。

それがミラ達にしっかりと視線を合わせて近づいてくる。

「お、おい！　あんなの……無理だろう!?　早く逃げようぜ！」

ジュードが慌てた様子でそう叫ぶ。

「確か、人里には滅多に現れない強力な魔物で、弱点らしい弱点はほとんどないって……ミラちゃん……」

怯えたような声でアルカもそう続けた。

けれどそんな二人にミラは微笑みを浮かべて言った。

「あれくらいなら、大丈夫。本当なら二人には村まで逃げてって言わなきゃいけないかもだけど……

流石にここから村へ二人だけで帰すのは危険すぎるからね。ちょっとだけ、ここで待ってて。あいつのお陰で周囲に他の魔物の気配もないし、近づかない限りは安全だから」

これにアルカが驚いて言う。

「まさか、ミラちゃん、あれと闘うつもりなの!?」

「まぁ、そうだね」

「無理だよ……絶対に勝てない！　死んじゃうよ！」

「それはそう思うよね……でも、見てて。私はそう簡単には死なない……うーん、本当は見せるつもりはなかったんだけど、こんなところまで連れてきた責任もあるしね。二人には、特別にだよ？」

「な、何を言って……」

ジュードも困惑するようにそう言ったが、次の瞬間。


――カチリ。


と空気が切り替わるような感覚が、ジュードとアルカに走る。

一体何が、と思って見ると、ミラの表情が先ほどまでとは一変していた。

本来の……というか、村でのミラは、非常に穏やかでいつも落ち着いた表情を崩さない少女。

それが村人全員の印象だった。

もちろん、こんなところまで付き合っているジュードとアルカにはもう少し、ミラの危険な部分も見えている。

たとえば、模擬戦の時、ふと猫のように好奇心に満ちた表情を浮かべたりすることはあるのだ。

だからミラは見た目よりもずっと好戦的で、男勝りなところがある少女なのだろうと、ジュードとアルカは思っていた。

そしてそれは決して間違ってはいないことだとも思う。

けれど、今ここに至って、それは間違ってはいない上、あまりにも控えめすぎる評価だったのかもしれない、と感じ始めていた。

なぜなら、殺人灰熊《マーダーグリズリー》に相対するミラの表情は、猫のような、どころではなく、大形の猫科の動物のように、危険かつ獰猛《どうもう》なものへと変わっていたからだ。

あれは、普通の村娘が浮かべるようなものではない。

もっと、別種の生き物が持っている性質だ。

ただどうしてそんな顔をミラが出来るのか、その理由についてはジュードにもアルカにも分からなかった。

だって、ミラは今、強大な魔物と相対しているのだ。

勝てるはずもない強敵に。

それなのにどうしてあんな風に笑える？

あんな風に楽しそうに出来る？

出来ることなら、ジュードもアルカも叫び出したかった。

ここから逃げよう。

今すぐ、三人で。

けれどミラは剣を構え……そして、地面を踏み切った。


「……え、嘘だろ!?　なんだよあの動き……!?」


そう叫んだのはジュードだった。

殺人灰熊《マーダーグリズリー》に向かって、ミラが飛びかかる。

闘う気なのだから、その行動自体はおかしくない。

おかしいのはその速度と身のこなしだった。

とてつもない速さで殺人灰熊《マーダーグリズリー》に近づき、そしてあり得ないほどに重い攻撃を叩き込んでいる。

あんなこと、ミラが出来るはずがないのにだ。

普段、ミラと模擬戦をしているジュードだからこそ、ミラの実力はある程度分かっているはずだった。

もちろん、ほとんど負け越しているのだから、ジュードよりも格上なのは分かっていた。

どこか実力を出し切っていないような雰囲気もあったし、相当強いだろうとも。

ただそれでも、せいぜい自警団の大人の中でも中堅に勝てるか勝てないか、そのくらいだろうと思っていたのだ。

けれど目の前の戦いを見るとその予想は明確に間違っていたことが分かる。

強い。

とんでもなく。

速い。

今まで見たどんなものよりも。

「どうして……」

うめくようにそう呟き、食い入るようにその戦いを見つめることしかジュードには出来なかった。

アルカだって似たようなものだったが、それでもジュードよりも冷静だった。

「だからミラちゃんはあんなに自信ありげだったんだ……」

アルカはそう呟く。

考えてみればミラは、殺人灰熊《マーダーグリズリー》の接近を察知してもなお、いつもと大して変わらない雰囲気だった。

流石に相対した時点で表情は大きく変わったものの、その変化は決死の覚悟で、それでも強敵に臨む、といったものではなく、楽しい玩具《おもちゃ》を運良く見つけたかのようなそんなものに見えた。

実際、その認識で正しいのだろう。

ミラの剣は次々に殺人灰熊《マーダーグリズリー》に命中し、傷を刻んでいく。

対して、殺人灰熊《マーダーグリズリー》の方の攻撃はミラにさっぱり当たっていない。

一撃でも命中すれば、十歳の女の子の体だ。

それこそバターよりも簡単に切り裂かれること請け合いだろう。

しかし実際にはそうはなっていない。

なるような様子も見えない。

ミラは完全に殺人灰熊《マーダーグリズリー》の攻撃を見切り、避けているのだ。

「……凄い」

アルカは思わずそう呟く。

ジュードもそれに続けて言う。

「凄すぎんだろ……あいつなにもんだよ……」

自分達の幼なじみだ、としか言えないのは分かっている。

ただ、こんな近くに、これほどの異常性を抱えた者がいるとは思ってもみなかったというのが正直なところだった。

通常であれば、こんなものを見れば二人のミラに対する見方は良くない方に大きく変わってしまっていただろう。

それこそ、化け物だとか、悪魔だとか、そんな風に罵《ののし》る可能性すらあったかもしれない。

けれどジュードもアルカも、こんなミラを見る以前から、彼女がどこか尋常な人間ではないことをなんとなく頭のどこかで察していた。

だから、二人の感情は素直にミラのことを認めた。


そして、殺人灰熊《マーダーグリズリー》の息が上がっていく。

ふらりと一瞬よろめいた瞬間をミラは見逃さなかった。

その瞬間、殺人灰熊《マーダーグリズリー》の首元まで軽く飛び上がり、そのまま剣を思い切り横薙《よこな》ぎにする。

すると、殺人灰熊《マーダーグリズリー》の首が、ごとり、と地面に落ちた。

切断面からは血が噴き出し、ミラの頬を僅《わず》かに血の赤で濡《ぬ》らす。

その血をペロリと嘗《な》めた。


「ふふ、いい味だね」


そう微笑む姿は見る者によってはそれこそ魔女にも悪魔にも見えただろう幻想的かつ冒瀆的《ぼうとくてき》な光景だったが、ジュードとアルカは、

「……殺人灰熊《マーダーグリズリー》の血って美味《うま》いのか？」

「血の汚れって落ちにくそう……」

と、どこか能天気に呟いたのだった。

「それで、どういうことかな？」

まずアルカがミラにそう尋ねた。

ミラは微妙な表情で、アルカに押され気味になりながらも答える。

「どういうもこういうも……まぁ、私結構強かったんだよ」

「結構って、殺人灰熊《マーダーグリズリー》を一人で倒せるのは結構どころじゃないよ！　もの凄く強いって言うんだよ！」

「そんな怒らなくても……」

「怒ってないよ。でも、先に言って欲しかったな。ミラちゃんが殺人灰熊《マーダーグリズリー》に向かっていったとき、死んじゃうって凄く怖かったんだから……」

「それは……ごめんね？」

反省しているのか、よく分かっていないのか、ミラがそうアルカに言うと、アルカはため息をついて言う。

「……はぁ、もういいよ。無事だったんだし、それで」

「そう？」

続けてジュードもミラに言う。

「殺人灰熊《マーダーグリズリー》を一人で倒しちまったってのに、のんきな奴《やつ》だな……なぁ、ミラからしたら殺人灰熊《マーダーグリズリー》を倒すのは、俺達が水スライムを倒すくらいの感覚なのか？」

「うーん、そうだね。そんな感じかも。結構強かったから楽しかったよ。久しぶりに少し力を出せたし」

「いつもの模擬戦は死ぬほど手加減してくれてたんだな……」

「それは……ごめん。でも本気でやってもすぐに終わっちゃうから、ジュードの訓練にならないでしょ？」

「確かにな。いい勝負が出来るくらいにうまく調整してくれていたみたいだし、俺にとってはいい修行だったか。それにしても……こいつどうするんだ？」

地面に倒れ伏している殺人灰熊《マーダーグリズリー》の死体を親指で差して、ジュードが言った。

「うーん、このまま放置……ってわけにもいかないしね。燃やすと山火事も怖いし、私が持っていくよ」

ミラがそう言ったので、ジュードとアルカは首を傾げる。

「持っていくって、村にか？　いくらミラが強いからって、こんなの運べないだろ？」

「もし持っていけたとしても、村の人達に言い訳できないよ……森に入ったことを怒られるくらいなら覚悟が出来てるけど、これについては説明が……」

「大丈夫大丈夫。ほら」

軽くそう言ったミラが手を掲げると、一瞬でその場にあった殺人灰熊《マーダーグリズリー》の死骸がどこかに消えてしまう。

それを見て目を見開く二人。

「なっ、ど、どうやって……」

「跡形もないよ!?　燃やしたとかじゃないし……え？」

そんな二人に、ミラは言う。

「いわゆる《空間魔術》の一つに《異空間収納》っていうのがあるんだよ。それを使うと……まぁどれくらいのことが出来るかは人によるけど、鞄《かばん》にものを入れるみたいに別の空間にしまったり出したり出来るんだ。あ、これ、誰にも内緒だよ？　私のお父様とお母様にもね」

「《異空間収納》……何か、家にある絵本で読んだことあるぜ。だけどおとぎ話だって……」

ジュードが今日何度目か分からない驚きの表情を浮かべてそう言った。

「そこまでではないかな？　使える人は少ないけどいると思うよ。でも、容量は本当に人によるから……」

ミラは、その容量に限界を感じたことは今まで一度もなかった。

一般的には、というか《組織》の人間の中にはこれを使える者が何人かいたが、それでも容量は大きくても小さめの家屋一つ分程度までしか見たことはない。

ミラはそういう意味でも異常だった。

だから、これの容量については誰にも正確に話したことはない。

《組織》に対してさえも。

ちなみに、前世で《異空間収納》に入れていた荷物の類が実は入っていたりしないかと探してみたが、残念ながら初めて発動させたその時点で空っぽであることが分かったのでミラは大分がっかりしていた。

今では森で集めた素材やら何やらが大量に入ってはいるものの、前世の時に所有していた物品と比べると大したものではない。

もちろん、それもこれも、これから集めていけばいいので悲観してはいないのだが。

「ミラちゃんって、本当にとんでもない人だったんだね……あ、じゃあその血で汚れた服とかって……」

アルカがそう言ったのでミラは改めて自分の格好を見る。

そこには殺人灰熊《マーダーグリズリー》の血でドロドロの服が目に入った。

「流石にこのまま帰ったら心配されるよね」

「それは当然だよ……」

「じゃあ、綺麗にしておこうかな。《清浄《クリーン》》っと」

唱えると同時に、血で汚れていたミラの服も、そして髪や顔まで綺麗になってしまう。

それを見たアルカは、

「な、なんで……」

と呟くも、ミラは説明する。

「魔術だね。生活系とか言われるものの一つで、覚えると便利だよ。これくらいなら二人ともすぐに覚えられると思うから、今度教えてあげる」

「なんで今まで教えてくれなかったのって言おうかと思ったけど、言えるわけないよね……こんなの見せられたら、皆、腰を抜かしちゃうよ」

「私はアルカとジュードもそうなると思ってたんだけど、意外に平気そうだからポンポン今、話してるんだ。どうしてそんなに冷静なの？」

「いや、冷静じゃないよ！」

「俺だって全然冷静じゃないが」

二人揃《そろ》って同じようなことを言ったので、ミラは首を傾げる。

「でもほら、私のことを化け物とか、悪魔とか言わないから」


前世では、よく言われた異名だった。

ミラに並ぶような実力者達くらいだ、そう言わなかったのは。

けれどアルカもジュードも、そんな実力など持っていないというのに、ミラを異物として見るような感じが全くない。

これは不思議な感覚だった。

「ミラちゃんは友達だもん。そんなこと言わないよ。もちろんもの凄く驚いたし、今も驚きっぱなしだけど……それだけ」

「俺も同じだな。大体、幼なじみとして十年の付き合いだぞ？　今さら怖がれって言われてもなぁ……」

「でも私、その気になったら二人とも簡単にやれちゃうよ？」

この場合は、殺《や》れちゃうよ、が正しいだろうが、もう少し柔らかめに言ったミラだった。

けれどその意味は二人に正確に伝わる。

そしてそれでも二人は言うのだ。

「ミラちゃんがそんなことしないっていうのは分かってるから。大丈夫だよ」

「やる気ならお前、模擬戦で何度俺を殺してるんだよって話だろ。気にしないって」

この言葉に驚いたのはミラだった。

まさか、そんなことを言ってもらえるなんて思ってもみなかったからだ。

前世では、ミラの近くにいる者は皆、ミラを恐れていた。

例外も……いないではなかったが、この二人のように純粋に友人として付き合ってくれた者など、まずいない。

それなのに。

ミラはじんわりと、胸が温かくなるのを感じた。

それと同時に、決してこの二人を失いたくないとも。

「……ふふ、そっか。そうなんだ……ありがとうね、二人とも」


ミラはそう呟きながら、二人に笑いかける。

その表情に、どこか不穏なものを感じ、二人は呟く。

「……何か企《たくら》んでやがる顔だな、これは」

「仕方ないよ、ミラちゃんは友達だけど、普通じゃない。私達はそれを知っちゃったし……受け入れるしかないよ」

「ふふっ、ふふふふっ」


ミラの笑い声が、森の中に響いた。

そして、三人はそのまま何食わぬ顔で村へと戻った。

森の中でとてつもない戦いが行われたことは、三人の胸の中に秘められ、誰にも明かされることはなかった。

第2章　新たなる出会いと、目標

三人で森の深くに入り、殺人灰熊《マーダーグリズリー》を倒してから三年の月日が経《た》っていた。

相変わらず村での生活にさほどの変化はない。

前世で波乱に満ちた人生を送ってきたミラにとってはそれもまた、愛すべき生活であり、それほどの不満はなかった。

もう少し刺激があってもいいかも、とたまに思うこともあるミラだったが、せっかくのあるはずのなかった二度目の人生なのだ。

こういう風に過ぎていく時間があるのも悪くないかもしれない。

そんな風に思っていたある日。


「……将来の目標？」

いつものように、自警団の訓練が終わるとジュードが出し抜けに尋ねてきたので、ミラは首を傾《かし》げた。

「あぁ、そうだ。何かないのか？　まぁミラの家はそこまで爵位が高いわけじゃないとはいえ、貴族だからそのまま継ぐ気なのかもしれないけどさ」

「うーん、私は継がないかな。弟がいるし」

この三年の間に起きたことの中で、最も大きな変化はそれだった。

一年前に弟のクリスが誕生したのだ。

今は手がかかる時期だが、家族全員で可愛《かわい》がっており、すくすくと成長していっている。

ミラとしても、前世のように殺伐としたものではない家族関係は初めてで、新鮮だった。

前世だったら、一人前の暗殺者に育成するため、早い内から毒に慣れさせなければとか、立てるようになったら訓練を始めなければとか、そんなことを考えなければならなかっただろう。

今にして思えば、ひどく異様な家族関係だったのだな、と改めて感じ、静かにため息をつくミラだった。

「別にクリス君がいても、ミラちゃんが男爵位を継いだって構わないんじゃないの？」

十三歳になり、少女から女性へと印象が変わってきて、周囲の見る目も変化してきたアルカが、指を唇に軽く当てつつそう言った。

これで剣の腕は相当のものなのだから詐欺みたいなものだが、ふんわりと笑っている限りただの可愛らしい少女にしか感じられない。

そんな彼女にミラは言う。


「確かにそれはそうなんだけどね。でも私は別に貴族としてこの村を治めたいとかそういう感じじゃないから」


そういった生き方を完全に否定しているわけではなく、それはそれで面白いと思うミラもいる。

けれども、弟が生まれ、将来のことを多少なりとも考え始めると、おそらく自分が継ぐよりも弟が継いだ方がいいだろうと思うのだ。

何せ、弟はミラとは異なり、紛《まが》う方なき一回目の人生をこれからも生きていくのである。

あまり難易度の高い人生を送らせたくはないと姉として思うのだ。

貴族として爵位を継ぎ、領地を治めて生きていくことは勿論《もちろん》簡単なことではない。

けれども姉がその爵位を継ぎ、その補佐をして暮らしていくよりはよほど幸せなのではないだろうか？

そもそもその姉は、たとえどんなところに行ったとしても腕一本で生きていける程度の力があるのだから。

何かあれば勿論、様々な意味で手助けをしてやってもいい。

それこそ、気に入らない相手がいるのであれば、《仕事》をしたって……。

と、そこまで考えて、もはや暗殺者でもなんでもないのに、昔の価値観が抜けないなと苦笑する。

別に好きで暗殺者をやっていたわけではないが、とてつもない忌避感があったとかそういうわけでもなかったからだろうか。

必要とあらば今世でも人の命を奪うことに躊躇《ちゅうちょ》はない。

それが弟のためならなおさらだ、といったところだ。

極端に血なまぐさい人生を送る気も、ミラにはもちろんないのだけれど。

「そうなんだぁ。でもそうなると……どうするの？　将来の夢はお嫁さんとか？」

アルカがそう言ったのでミラは微妙な表情をする。

まるで子供の夢のように聞こえるが、この村のようなところにおいては別にそこまで幼い夢でもない。

むしろ現実的と言ってもいいだろう。

村の誰かと結婚し、家庭を作り、そのまま生きていく。

この村は辺境の村とはいえ、比較的豊かな方だし、中央から離れているからか、かなり平和だ。

ラムド大森林からたまにやってくる魔物の危険はあるものの、それは他の村とは比べものにならない自警団の力によって退けられる。

だから生きていくことにそれほどの心配は要らない。

これが世界的にどれほど幸福なことなのか、殺伐とした前世を生きてきたミラだからこそ、分からないはずがなかった。

ただ、それでもミラはアルカの質問に首を横に振った。

「流石《さすが》に結婚とかは考えられないかな」

「えー、どうして？」

「相手がいないし……そもそも、自分が結婚して、家庭を作っている姿が想像できないからね。アルカはどうなの？」

「私？　私はいつかは……って思うよ。でも改めて聞かれると、確かに想像がつかないかも」

「でしょ？」

そんな話を横から聞いていたジュードが呆《あき》れたような表情で、

「若い娘なのになんか夢も希望もない会話だな……」

と言ってくるが、ミラが、

「じゃあジュードは結婚する予定あるの？」

と尋ねると慌てて首を横に振って叫ぶ。

「そんな予定はねぇよ！　……ま、確かにそんなもんか。男女とか関係ねぇな、こんなのは」

「そういうこと……ええと、何の話だっけ？」

「大分ずれたが、将来の目標はないのかって話だよ」

「あぁ、そうだった。急にどうしたの？　何かあった？」

そんなことを聞いてくるということは、何かしらの心境の変化があったのだと思われた。

もちろん、ただの世間話かもしれないけれど。

そう思ってのミラの質問に、ジュードは答える。

「いや、俺達ももう来年には十四だろ？　流石に何をやるのか決めないといけない年齢になってきたと思ってな」


確かにそれは間違ってはいない。

十四ともなれば、もう十分に大人とみなされる。

家業などを継がないとしても、独り立ちするためにどこかの職人に弟子入りするとか、何かしらの仕事を見つける必要が出てくる年齢だ。

けれどここにいる三人はそのあたり暢気《のんき》すぎたのか、何も決まっていないのだ。

ただそれは何も心配していないから、というわけではない。

「まぁ、それは確かにそうだね。でもジュードはそれこそ、家業の木工職人を継ぐとか、自警団をそのまま率いていくとかの道があるでしょ？」

自警団は確かに大半が他の仕事を持ってはいるが、中には専任の人間も数人いる。

主に武具や設備などの管理をしたり、訓練内容などについて決めたりする者、また腕がいいために教官のような役目を担っている者などだ。

ジュードが、いずれそういう人間にならないか、と誘われているところをミラは何度か見ている。

けれどジュードは首を横に振った。

「いや、誘ってくれるのはありがたいんだけど、そのつもりはねぇんだ。大体、俺よりもお前らの方が腕がいいだろ……」


これは確かに事実で、今となってはミラとアルカの方がジュードより強い。

ミラについては言うに及ばずだが、アルカは三年前からめきめきと実力を伸ばしたのだ。

ただそれでもジュードとそれほど実力が離れているというわけでもなく、どちらかと言えばアルカに軍配が上がる、という程度だが。

ジュードの言葉にアルカが言う。

「うーん、でも自警団はやっぱり男の人ばっかりだから、私達がやるわけにもいかないしね。というか、女の子は私とミラと、あとちっちゃい子達だけだよ」

「その年まで続けて、かつ男より強いってのがおかしいんだけどな……ミラの本当の実力を見た後だと、もう何も言う気になれねぇが」

自警団は、子供の頃に男女問わず見習いとして入団することが多い。

元気の有り余っている子供達のいい運動になるし、親が仕事をしている間、目の届く場所にまとまっている方が子供の管理がしやすいという実用的な理由もある。

しかし、年齢を重ねると、徐々に男女で体力差が生まれ始め、また好みの面でも女の子は戦いから遠ざかっていき、自警団から抜けていくのだ。

女の子達は手仕事を身につけるためにそちらに時間を割いていくというのもある。

一方男の子達は、仕事を始めてもこの村で生きていく限り自警団として働く場面は将来必ずやってくる。

強制ではないものの、村を守るために何も出来ないというのは男の沽券《こけん》に関わるらしく、まず訓練を止《や》めることはないため、ある程度の年齢からは、男子しかいない、という状況になる。

ミラとアルカはその意味でも異端なのだった。


「私のことはいいんだけど、それで？　ジュードはどうするつもりなの？」

「それなんだが、せっかくミラに色々教わってそこそこ強くなったからな。腕っ節を活《い》かせる仕事に就きたいと思ってる」

これにはアルカが言う。

「なんだかぼんやりしてない？　もっとはっきり決めないと駄目だと思うな」

「いや、確かにそうだから……何が良いかと思って、それでお前らに聞いてるんだろ」

「なるほど。でも私達だってそんなに考えてるわけじゃなかったと」

「聞くだけ無駄だったぜ」

呆れるジュード。

しかし、そんな話をしたすぐ後に、その将来の目標が決まるとは思ってもみなかったミラ達だった。

「……あれ？　行商の人、いつもと違うね」

村がざわついていたのでふと見てみると、そこには行商人が開いた商店があった。

馬車の荷台を店代わりに、村人達が様々な商品を見ている。

ただその行商人はいつも来る行商人とは別人だった。

「あぁ、いつも来てくれるマッカーさんはどうも調子が悪いらしくてな。しばらくはあの人……バーグさんが来てくれるんだそうだ。普段は王都周りを回ってるらしくて、いつもより品揃《しなぞろ》えがいいからって村のご婦人方が凄《すご》い勢いで集まってきてな……」

そう答えてくれたのは村人の一人だった。

なるほど、と思ってミラが遠目に何が売られているかを見ると、確かにこんな辺境の村では中々見ない品々が多いようだった。

化粧品とか香料とか高級な衣類とか。

いずれも普通の村人ならまず手が出ない品だが、この村は意外なほどに裕福だ。

飛ぶように、とまではいかないまでもそれなりに売れているようである。

もちろん、そもそも貴族に売るようなものではなく、村人でもなんとかすれば買えるような価格帯の品を出しているに過ぎないのだろうが。

ただバーグという行商人の偉いところはそういった嗜好品《しこうひん》ばかりでなく、しっかりと、以前からよく来てくれる行商人であるマッカーが定期的に運んできてくれていたような品も持ってきているという点だろう。

高級品の類はついでというか、普段売れているものの他に、新しく売れるものはないかと試しに持ってきた感じだろうとミラは思った。

中々に目端の利く商人だなとも。

「おや、君は村の子供だね？　……いや、もう子供って年齢でもないか。申し訳ない、レディ」

徐々に閑散としてきた行商人の店に近づくと、そう話しかけられた。

都会風の洗練された動きと挨拶に、少し懐かしさを感じる。

ミラは、暗殺者として生きていたとき、様々な場所に潜入した。

その中にはパーティー会場などもあったため、こういう振る舞いには慣れっこだったと言える。

ただ、村では滅多に見ないものなので少し笑ってしまった。


「ぷっ。おじさん、この村でそんな風に話す人なんていないよ」

「……そうかい？　確かにここは辺境の村ではあるが……思った以上にしっかりしてる人が多かったものだからね。君にしても、笑ってはいるが面食らっているわけではないだろう？　他の村じゃ、そういう反応は見られない」

その言葉に、色々と測られているなと察したミラは自然に見えるように返答する。

「私は一応、この村の領主の娘だから。他の皆は……どうだろ？　子供達にはうちの両親が先生になって勉強を教えてたりするから、そのせいかな？」

「へぇ、領主家自ら、勉強を領民に？　なるほど。それなら納得がいくね。さっき買いに来てくれていた奥様方も、計算が出来る人達ばかりだったし。どうやらいい村のようだ……ところで、君はラムド大森林のことは知ってるかい？　ちょっと聞きたいことがあるんだけど……出来れば、詳しい人を知っていたら紹介して欲しいんだが」

そう言われて、王都周辺で活躍しているらしい商人が、なぜわざわざこんな辺境の村に来たのか、その理由が少し見えた気がした。

村ではなく、どうやらラムド大森林の方が目当てだったようだ。

あの森は魔境ではあるが、反面、貴重な素材の宝庫でもある。

商人であればあの森の素材を扱えるものなら扱ってみたいと考えるのは自然な話だった。


さて、どう話したものか。

ミラは考える。

村で得た知識ならば隠すようなことはない。

問題は、ミラ自身がラムド大森林に足を運び、手に入れた知識のことだ。

うっかり喋《しゃべ》ってしまわないよう、注意しなければならない。


「ラムド大森林？　あの森に興味があるの？」

「あぁ。とてもね。実はこの村にやってきたのもそれが理由で……おっと、その前に自己紹介をしなければ。私はバーグ。商人のバーグ・アメニテだ。王都でアメニテ商会という店をやっている。君は？」

バーグの言葉に、ミラは内心、少し驚く。

ただの行商人かと思っていたが、立派な店持ちの商人であるらしい。

それがわざわざ行商人としてこんな村に来るとは、と思ったのだ。

ただ、そう思ったことについては顔には出さない。

こんな辺境の村の人間が、商人の世界の細かな事情などに気が向くのはおかしいからだ。

だから素直に答える。

「私はミラ・スチュアート。この村を治めるスチュアート男爵家の長女だよ」

「なるほど、ミラさんだね」

「呼び捨てで構わないよ？」

「いや、男爵とは言っても、流石に貴族家の子女にそれは……」

「村じゃ、誰も気にしてないから。ミラちゃんか、ミラとしか呼ばれないよ」

「……そうか。じゃあ、村にいる間は、ミラと呼ぼう。流石に王都でそれをやる勇気はないが」

「そういうもの？」

「そういうものなんだよ」

力強く言ったバーグだった。

ミラとしても本当ならその理屈は理解できるのだが、ここは分からない振りをしておくことにする。

「それで……ええと、ラムド大森林のこと？」

「あぁ、そうなんだ。実は、王都で知人がラムド大森林の素材を一つ、欲しがっていてね。どうにか滞在中に手に入らないかと思っているんだ。ただ、流石にラムド大森林に一人で入る度胸はなくて……案内人がいたらと考えていてね。この村には自警団があるんだろう？　いくら魔境とまで呼ばれる場所とはいえ、浅いところなら、一緒に入れないかとも思ってね」

「自警団の人を紹介すればいいの？」

「出来ればだけどね。可能かい？」

「大丈夫だよ。だって、私も自警団員だから」

「え？」


「ん？　ミラ嬢ちゃんじゃないか。どうしたんだ、今日は。訓練はもう終わったろ」

自警団の詰め所に辿《たど》り着《つ》くと、そこに持ち回りで常駐している自警団員の一人がミラの顔を見てそう尋ねる。

ミラは、

「今日は人を紹介したくて来たの。この人、バーグさん」

そう言って後ろに立っている人物を前に押し出す。

「バーグさん？　行商人のか？　あんたが……いや、こりゃどうも」

流石に自警団員も名前はすでに知っているらしく、すぐに挨拶をする。

「いえ、こちらこそ……。あの、この子が自警団員というのは本当でしょうか？」

バーグが自警団員に質問すると、答える。

「あぁ、ミラの嬢ちゃんはうちの中でも腕利きの一人だからな。この年齢にして敵《かな》う奴《やつ》は……ジュードとアルカくらいか？」

「え……そ、そんなに強いのですか？」

驚くバーグに自警団員は言う。

「まぁな。つっても、こんな辺境の村の自警団員の中ではってだけだから、王都から来た人からすりゃ物足りねぇかもしれないが……それで、あんたどうしたんだ？　うちに何か用事があるからミラ嬢ちゃんに紹介なんて頼んだんだろ？」

「え、ええ、まぁそうなんですが……その、ラムド大森林に入りたくてですね……」


そこから、バーグは自分の事情を説明した。

全て聞き終わった自警団員はなるほど、と頷《うなず》き、言った。

「そういうことなら、それこそミラ嬢ちゃん達が適任じゃないか？」

「え？」

「だって、ミラ嬢ちゃんの他に、アルカとジュードの奴はラムド大森林が遊び場だからな。ま、奥地には流石に行けないだろうが、浅いところならその辺の森と大して変わらねぇし。なぁ？」

話を振られたミラは頷くも、

「私達よりも、もっと頼りがいがありそうなおじさん達の方がいいんじゃないかと思って来たんだけど……」

と言う。

しかし自警団員は首を横に振って言う。

「馬鹿言うなよ。ラムド大森林には多少は入りこそすれ、お前らほどの頻度じゃねぇからな、俺達は。

誰よりもあそこに詳しいのはお前らだよ……で、どうしますかい？　バーグさん。やっぱり俺達の方がいいですかね？」

話を振られたバーグは困惑したように呟《つぶや》く。

「本当に……ミラ、君が……君達が？　だが……危なくないのか？」

「危ないか危なくないかで言ったら危ないよ」

「じゃあ……」

「でも、バーグさんはその危ないところにどうしても入りたいんでしょ？」

「え？」

「なんとなく、焦っているような感じがするから……間違ってる？」

ミラがそう言うと同時に、バーグは息を止めた。

それから苦笑し、言う。

「まさか、君のような年齢の子に見抜かれるとは……これは商人失格かな？」

「ううん。しっかり隠せてたと思うよ。でも私、人の表情を見るのが凄く得意なんだ」

これに自警団の男が、

「あぁ、確かにミラの嬢ちゃんはその辺気が利くな。自警団の訓練でも調子悪そうな奴のことはすぐに気づくし……」

そう言う。

「訓練で打ち所が悪くて死んじゃったら元も子もないからね。その辺はいつも気をつけてるの」

「いや、いつも本当に助かってるぜ……ってわけで、あんたが商人失格なわけではないんだろうよ」

「それなら良かったですが……ううむ」

ここで悩むバーグに、ミラは畳みかけるように言う。

「自惚《うぬぼ》れてるわけじゃないけど、確かにラムド大森林をこの村で一番安全に案内できるのは、私達だよ。だからどうしても入りたいなら、おすすめかな」

「素材なんかも詳しいのかな？」

「結構ね。村の薬師《くすし》にアレをとってこいコレを持ってこいって言われることが少なくないから」

これもまた事実で、三人がラムド大森林に入り浸っていることがバレたときから、そうなっている。

当時はしっかりと素材の見分けがつかないと意味ないだろうと、薬師に定期的に学ばせられた。

と言っても、ミラは元々職業柄、そういった素材には極めて詳しく、ほとんどが知っているものだったので大して大変でもなかった。

ジュードとアルカは頭を抱えていたけど、要領のいい勉強法をミラが教えたのでなんとかなった。

今では三人揃って、村の薬師にいつでも後を継がせられると言われるくらいには身についている。

「そんなことまで……では、恥を忍んでお願いしてもいいかな」

「分かった。必要な素材は？」

「《風灯草《ふうとうそう》》と呼ばれるものだと……」

「……ふーん。分かったよ。じゃあ、そうだな……今日は流石に難しいだろうから、明日の朝出発でいい？」

「ああ、構わないけど、ミラはそれでいいのかい？」

「私はいつも暇だから。他の二人もね。じゃあ……」


それから、バーグに待ち合わせ場所と時間を告げ、別れた。


ラムド大森林の鬱蒼《うっそう》とした木々に囲まれた中で、バーグは目を見開いていた。

なぜといって、今見ている光景が中々に信じがたいものだからだ。

「……オークは珍しいな。この辺はゴブリンが縄張りにしてるからあんまり来ないだろ」

オークの死体を前にしながら、ジュードがそう呟いた。

彼はその手に剣を持っているが、刃《やいば》は血で汚れている。

それを軽く振って払う姿は、いつもやっていることかのように慣れていた。

「はぐれ個体じゃないかな？　こないだもいたし……こういうときって、奥地の方で何かあったかもしれないいんだよね？」


アルカも剣を抜いた状態でそう言う。

彼女もまた、ジュードと一緒にオークと危なげない様子で闘ったのを、バーグは見た。

王都でもこのレベルの腕前の剣士はそうは見ない。

しかもまだ十三歳に過ぎないという。

それなのに……。

流石はラムド大森林を三人でなら案内できる、と豪語するだけはあったと今やっと、実感が湧いてきたバーグだった。

「オークは群れを作るから、そういう群れの中の力関係が変化した場合にははぐれが発生しやすいんだよね。多分、ボスが替わったとかそういうことだろうね。このオークも、こないだの奴も、闘う前から結構傷だらけだったでしょ。群れの中での争いに敗れたんだと思うよ」


ミラが冷静にそう語る。

三人の中でも、特に彼女については腕前がどうとか、バーグには既に評価が下せなかった。

先ほどのオークとの戦いで、ミラは特に手を出していない。

だから実力を見られてはいないのだが、それでも分かるものもある。

彼女こそがこの中で一番強いのだろう、ということだ。

ジュードもアルカも、基本的に彼女に指示を仰いでいるし、彼女が進路や周囲の警戒などでリーダーシップをとっているからだ。

これは、護衛依頼をこなす冒険者の動きで、指示役を担うのは当然最も力のある者になる。

十三歳にしてオークを軽く屠《ほふ》ってしまうジュードとアルカ、その二人よりも更に強力な腕前をしているとは一体どういうことなのか。

全く理解できないが、しかし自分の運がいいことだけは自覚した。

正直、ラムド大森林には入ることすら出来ないか、入ってもそれこそ命がけになると思っていたからだ。

だがこれならば……。


「三人とも、ありがとう。まさかこんな浅いところでオークに出くわしてしまうとは。私一人だったら見事に餌にされているところだったよ」

バーグが言うと、ミラが言う。

「バーグさんにこの森の中を案内するのが私達の仕事だからね。でも、あんなに沢山前金くれてよかったの？　ただの子供に」

実はバーグは三人に、一人銀貨五枚ずつを渡している。

成功すればさらに五枚渡す予定だ。

元々これは村の自警団の誰かに頼んだときの報酬として用意してきたものだ。

だから予定通りと言える。

ただ、子供に渡すには高すぎると言われればそれは間違っていないかもしれない額でもある。

何せ、銀貨十枚もあれば、村で四人家族が一ヶ月以上は生活できるくらいなのだから。

もちろん、王都だと半月程度が限界だろうが、それだって相当な額だろう。

けれど、ミラ達が今こなしている仕事の難易度を考えれば、むしろ安すぎるくらいであった。

この国のどこを探しても、浅い部分とはいえ、魔境の案内をまるで庭を歩くような足取りで出来る手練《てだ》れなど見つからない。

いくら頻繁に入っている現地民だとしてもだ。

だから、何も問題なかった。

「君達の仕事はそれだけのものだからね。それに、貴重な素材の説明などもしてくれているし……採取できたものを王都で捌《さば》くだけで簡単に賄えるほどでしかないのだから」

バーグがそう言うと、三人はそうなのかと頷く。

それからミラがふと、呟く。

「それならそれでもいいんだけど……あ、探してるの《風灯草》だったよね？」

「え？　ああ」

「そこにあるよ」

「え……ほ、本当だ！　こんなに簡単に……!?　まさか……」

バーグがミラの指し示すところに近づくと、そこには確かに《風灯草》が生えていた。

小ぶりの花をつけ、その中に魔力によって淡い光が灯《とも》っている花である。

また手を近づけてみると、僅《わず》かに空気が動いているように感じられた。

バーグは服が汚れるのも気にせずに跪《ひざまず》き、それから丁寧に《風灯草》を掘り出して、土ごと根の部分を布に包んだ。

デリケートな植物なのだ。

「三人とも、本当にありがとう……！　これで目的達成だ。あとは王都に帰るだけだよ」

少しだけ涙を流してそう言ったバーグに、三人は頷く。

そしてまずジュードが、

「気にするなよ、バーグさん。それよりそれが必要な人がいるんだろ？　早く持ってってやれよ」

そう言った。

続けてアルカも、

「運が良かったたね。全然見つからない日もあるから、それ」

そう言った。

最後にミラが、

「それにしてもどうしてそれが必要なの？　あぁ、言いたくないならいいんだけど」

そう言ったので、バーグは具体的な名前は伏せて、理由を教えることにした。

「いや、実はね……」


「なるほどな、魔脈硬化症って病気にかかった子を助けるためか」

ジュードが、一通りバーグから説明を受けてからそう呟いた。

バーグが《風灯草》を必要とする理由、それは王都で魔脈硬化症と呼ばれる珍しい病気にかかった子を治すための薬の材料として使うからだと、そういう話だった。

「あぁ。私も商人として長くやってきたし、若い頃は行商人として世界を回ったものだが、聞いたことのない病気でね。ただ、何人かの医者に診せたら、その中に知っている者がいて……運良く治し方も分かると。しかし、どうしても《風灯草》だけが手に入れにくいと言われて、それでここに来たんだよ」

聞けば《風灯草》は王都でも滅多に手に入らない薬草であるという。

魔力が濃い場所や、峻険《しゅんけん》な土地でしか育たない難儀な植物であり、特に今の時期だと生育している場所はどこも立ち入りが非常に難しい場所ばかりだとも。

ただし、ここラムド大森林だけは、魔物という危険を無視すれば、年中生育している、という資料を偶然入手し、ここに一縷《いちる》の望みをかけてきたという。

更に、ちょうどよく、この辺りを回る行商人の仕事が下の方に来ていて、だったら自分がとバーグが名乗り出たらしい。

商会を経営するバーグがわざわざ王都から出るには、何かしらの理由が必要で、ただ《風灯草》を入手するために、という話をすれば確実にストップがかけられるし、なぜそれが必要なのかという理由を話すのも難しかったのでそういう方法しかなかったという。

その点について、アルカが尋ねる。

「どうしてですか？　病気の子を助けるために必要って言えばいいのに」

「普通ならそうなんだけどね。問題は患者の地位がとても高くて……人に漏れてしまえば、それを弱みとして利用する者が数え切れないほど現れるだろうということなんだ。余人に話せることじゃ、ない」

「えっ、じゃ、じゃあ私達に話してもまずいんじゃあ……」

慌てるアルカにバーグは苦笑して言う。

「まぁ、馬鹿にするわけじゃないんだが、君達は王都から遥《はる》か離れた土地に住んでる子供に過ぎないわけだからね。しかも、私は具体的にその患者の名前を言っていない。これくらいのことなら話しても問題ないという判断だよ。それに……私もこれで王都ではそれなりの規模の商会を経営する立場だ。

人を見る目はあるつもりだ。その私の目から見て、君達は信用できる……何せ、君達には全く得がないのに、ラムド大森林を案内なんてしてくれているのだから、余計にね」

「そっか。勿論、言わないので安心してくださいね！」

「あぁ」

笑顔で頷くバーグに、ふと、ジュードが、

「あれ？」

と首を傾げる。

「どうしたんだい？」

バーグが尋ねると、ジュードは言う。

「魔脈硬化症って……あれと似てないか？　体脈水晶化病と」

「ふむ……？　その病気もまた聞いたことがないが、どんな病気だい？」

バーグの疑問にジュードは答える。

「体の中にある魔力が、何らかの衝撃で水晶に変化してしまう病気だよ。水晶化した部分は、徐々に広がっていって、いずれ全身が水晶になっちまうんだ。切除しても他の部分からまた同じように広がってくから、それじゃ根治しないやつだな」

「そ、それはまさに魔脈硬化症と同じ症状……？　だが、名前は違うし、似た症状の違う病気かな……？」

驚きつつそう言ったバーグに、ミラが呟く。

「同じ病気だよ」

「え？」

「どちらも、同じ病気。昔の……というか、この辺りでの呼び名が体脈水晶化病で、王都辺りだと魔脈硬化症って呼ばれてるだけ」


ミラのこの知識は、前世で得たものだった。

暗殺者として、対象を病気で死んだように見せかけるため、医学や薬学の知識も必須であるので、そういったことはよく覚えているのだった。

加えて、本当に治療をして暗殺対象の懐に入り込む、なんていうことも出来た方がいいため、ミラは本職の医師並みか、それ以上に知識・技術があった。

ミラの言葉に、バーグは、

「そうなのか……では、この辺りでは知っている者が多い病気なのかな？　確か君達は村の薬師に学んだという話だったけど」

そう尋ねたので、これにはジュードが答える。

「あぁ、そうだな。確かエミナ婆《ばあ》さんに教わった覚えが……。いや、問題はそこじゃなくてさ。体脈水晶化病って、《風灯草》使ったら悪化するんじゃなかったか？　あれは体内の魔力バランスの乱れが原因で、《風灯草》は特定の属性魔力を増幅させる効果があるから、さらに乱れさせてしまうわけだろ？」

「え？　それは……本当かい？」

バーグが驚いたようにそう言う。

ジュードは少し悩んで、

「まぁ、俺もそれについては大雑把にしか覚えてないけど、理論的にはそうなるはずだぞ。なぁ、ミラ？」

そう言った。

ミラはこれに対して、仕方がないか、と嘆息してから言う。

「うん、それで間違いないよ。つまり《風灯草》を使った薬を投与したらその人はおそらく死ぬだろうね」

「……ば、馬鹿な。医者が効くと言っていたんだよ？　一体なぜそんなことになる薬を……いや、そもそも本当にそんなことになるのかい⁉」

バーグが慌ててそう言った。

「なるよ。言っても信じてくれないかも、と思ったから黙っていることにしてたんだけど……さっき、バーグさんは私達を信じると言ってくれたし……そうだな、ちょっと待っててね」

ミラはそう言って立ち上がり、その場から姿を消す。

それから五分ほどして戻ってきた。

その手には小さな鼠《ねずみ》が捕獲されていた。

「その鼠は？」

「これは魔鼠《まそ》だね。王都の下水道とかにもいるでしょ？」

「あぁ……確かにいるようだね。駆け出しの冒険者が処理してくれてるから、目にする機会は少ないが……」

「森にもいっぱいいるけどすばしっこいから、行商人でも旅の途中で見る機会は少ないかな」

「というより、普通の鼠と魔鼠《まそ》との違いはパッと見では分からないんだ。君はどうやって」

「私は見れば魔力があるって分かるんだけど……確かにこれくらいの量の魔力じゃ感じられないかもね」

魔鼠《まそ》は、魔物であるから魔力を持ってはいるものの、非常に微弱な力しかないため、感知能力がよほど高くないと分からないのだ。

事実バーグは魔鼠《まそ》を凝視し、しかし十数秒で諦めてため息をついた。

「うーん……やはり、私には分からないね。殺して解体してしまえば、魔石が小さくてもあるだろうから、分かるのだろうが」

魔物は共通して体内に魔石を持つ。

だから解体すれば確実なのだ。

「あとで確認してみてもいいかもね」

「あぁ、そうだね……それはともかくとして、そんなものを捕まえてどうしたんだい？」

魔鼠《まそ》だということは分かっても、捕まえてきた意味は分からない。

バーグがそう思って尋ねると、ミラは答えた。

「これを、今から人工的に魔脈硬化症にして《風灯草》を投与するの」

この提案に、バーグは驚く。

普通に考えれば、生き物を人工的に特定の病気にする手段など、あるわけがないから当然だ。

だから叫ぶように言う。

「そ、そんなことが出来るのかい!?」

「うん。魔脈硬化症の発症の原因は、体内の魔力バランスの乱れと、ちょっとした刺激を与えられることにあるから……。ただ流石に人間を人工的にそうするのは無理なんだけどね」


これは嘘《うそ》だった。

ミラはやろうと思えば人間に対しても、これが可能である。

ただ、ことさらにバーグを怯《おび》えさせる理由はないために、そう言ったのだった。

バーグも、もしかしたら、とはどこかで思ったが、今はそこは重要ではないと考え、ミラに言う。

「つまり、実験できるということか……だが、《風灯草》はこれしか」

バーグは自分の手に持った《風灯草》を見る。

確かに実験できるというのなら願ってもないが、使える素材が少ない。

ここで使ってしまって、もしもこれが効く素材であることが判明した場合には問題だろう。

もう一つ見つかるかどうかも分からないのだから。

そう思っての言葉だったが、ミラが魔鼠《まそ》を持っている手とは反対の、もう片方の手を前に出して言った。

「ここに《風灯草》がもう一つあるから、それは持ち帰って大丈夫だよ」

「えっ……本当だ。このたった数分で見つけたのかな……？」

「さっき話を聞きながら歩いてるときに見かけたの。もう既に一本採取してるから、さらにもう一つ採取しなくてもいいかと思って見逃したけど、実験するならあった方がいいでしょ？」

「ま、まぁ……そういうことなら」

「うん。じゃ、やってみるね……」

ミラはそして、魔鼠《まそ》に対して魔力を注ぎ始めた。

通常、魔力を持つ生命体は外部の魔力に対する抵抗力を持っているため、その生命体が自ら受け入れる意志を持っていない限り、魔力を体内に注ぐのは難しい。

たとえば魔物を倒そうとした場合、呼吸をしていることを考えれば、魔術によって肺の中に直接水を注いでやればそれで終わるだろうし、火で焼いてやっても同じことだ。

しかし、それはその抵抗力の存在によって無理なのだ。

けれどミラはその論理に反することを今、行っている。

その凄さは、流石に商人でしかないバーグにも理解できた。

ただ、ここでそれはおかしいだろうと突っ込んで、実験をやめると言われても困る。

だから何も言わずに見守った。

そして……。


「……はい、これでとりあえず魔脈硬化症になった魔鼠《まそ》が出来上がったよ」


ミラはそう言って尻尾を掴《つか》みながら皆に魔鼠《まそ》を見せる。

見れば確かに、魔鼠《まそ》の一部……後ろ足の付け根の部分から、腹部にかかった辺りが水晶のように固まっていた。

そしてそれはゆっくりとではあるが体全体に向かって徐々に広がっている。

それは実のところ、恐ろしい進行速度だった。

人間の場合、この水晶化は数ヶ月、数年かけて全身に広がっていくというのに、この魔鼠《まそ》はおそらく一日も経てば体全体が水晶化してしまいそうな勢いだった。


「なぜこれほど進行が速いのかな……?」

バーグの疑問にミラが答える。

「私がこの魔鼠《まそ》の魔力バランスを大幅に崩したからだね。普通はここまではならない……まぁ、それはいいんだけど、この魔鼠《まそ》に《風灯草》を粉末化したものを飲ませるよ」

ミラの持っていた《風灯草》がふっと空中に浮遊し、風化するかのように粉末になっていく。

そしてそれが少しずつ風で運ばれ、魔鼠《まそ》の口の中へと注がれていった。


「……何も起きないね？」

アルカがそう呟く。

「別に大丈夫ってことか？」

ジュードもそう言った。

しかし次の瞬間、魔鼠《まそ》の体が、ビクッ！　と跳ねるように反応したかと思うと、水晶化した部分が仄《ほの》かに光りだした。

それからが見物だった。

先ほどまでは数秒に一ミリくらいずつ進行しているかに見えた水晶化だった。

それでも恐ろしい速度だった。

だが、その瞬間からその速度は数倍になり、そのまま体全体を覆っていく。

そして、最後に残った魔鼠《まそ》の目が水晶に覆われかけたその瞬間……。

「……はい、というわけで危険なんだよ」

そう言ったミラが魔鼠《まそ》に魔力を込めた。

すると魔鼠《まそ》を覆っていた水晶が、パンッ、と割れるように崩れて、パラパラと落ちる。

魔鼠《まそ》は目をぱちくりとさせ、それから地面に降りた。

そのまま森の中へと走って逃げていく。

どうやら、治ったらしい、とそれで分かったが、バーグはなんと言えばいいのか分からず少しの間、沈黙していた。

しかし、聞かずにはいられず、尋ねる。

「今の魔鼠《まそ》は……魔脈硬化症が完治したのかい？」

ミラは言う。

「そうだね。そういうことになるかな」

「君は、薬も使わず治せると？」

「……今のは、特殊事例だよ。私の魔力で乱した結果の魔脈硬化症だから、逆に私が体内の魔力バランスを整えてやることで治せた。でも、普通は薬が要る。特に人間の場合はね」

「そうか……君が治せるのなら、そのまま連れていきたいところだったが……しかし、《風灯草》では治らないのはよく分かった。だがこれでは……」

一体どうしたら良いのか。

せっかく見つけた解決法だったのに、それがむしろ悪化させるものでしかなかったと報告するしかないというのは問題だった。

頭を抱えるバーグだったが、ふと、ミラの直前の言葉を思い出し、はっとする。

「いや、君は今、普通は薬が要る、と言ったね？　つまり、治す薬を知っているか、作れるということか……？」

そうとしか思えない言葉だった。

おそるおそる、ミラの顔を見ると、彼女は頷いて言った。

「もちろん。私だけじゃなくて、ジュードもアルカも作れるよ。ただ、その材料は《風灯草》じゃないってだけ」

「それを作ってもらうことは……出来るかな？」

おずおずと尋ねるバーグに、ミラは意外なことを言った。

「いいよ。でもそれは、私達が作ったって言わないでくれるならだけど」

「え？」


珍しい病気とはいえ、難病の特効薬だ。

それを作れるとなれば、相当な名誉だし、収入も望める。

それなのにそれを要らないというのだ。

不思議に思って首を傾げるバーグに、ミラは言った。

「だって、その病気にかかってる人、かなり高貴な人なんでしょ？　だったら、それを治したとなるとかなり目立つことになる。この村に人が来て、妙な騒ぎにもなったりしかねない。それは望まないから」

「だが……いや。確かにそれはそうか……」

バーグもその点についての懸念は理解できた。
バーグ自身も今程の規模の商会を持つまでに、貴族の横槍《よこやり》や妨害を何度受けたか分からない。
それと同じような災難が、ミラ達や村に降りかからないとは言えない。
ただ、ミラはそれに続けて驚くべきことを言った。

「それだけなら百歩譲っていいかなって思うけど……《風灯草》で治る、なんて伝える人がいたっていうのが、ちょっと怖いからね」

「ん？　それはどういう……あぁ、そういうことか」

言いながら、バーグは理解する。
つまり、あえて治らない、むしろ悪化する薬を勧められていたんじゃないか、とミラは言っているのだ。

そういう風に手を回されていたと。

高貴な人間に対してそんなことをするような人物となると、相手は限られてくる。

生きていては困るからと、殺したいと考えるような輩《やから》が背後にいるということだ。

そして、その心当たりも、バーグにはあった。

だからミラに言う。

「分かったよ。それならば、何も言わない。この村で手に入れたことも隠そう」

「それがいいね。あ、でも《風灯草》はとりあえず持っていった方がいいかも」

「分かってる。勧めた人間を突き止めるために使えということだね？」

「私からは何も言えないけど、どう使うかは自由だね」

にっこりと笑うミラに、バーグは久しぶりにその底が見抜けない人間に会ったな、と深く思ったのだった。


「もう戻っちゃうんだね。もう少しいたら？」

村唯一の酒場兼食事処《しょくじどころ》でミラがそう言った。

テーブルにはミラの他、ジュードとアルカ、そしてバーグがついている。

ささやかながら昨日と薬のお礼に、とバーグが今日の昼食をごちそうすると言ったからだ。

ちなみに、バーグはこれを食べたらそのまま村を出る予定でいる。

本来の予定なら今日の朝一番に出る予定だったが、今日の朝から先ほどまで、バーグが必要としている薬を薬屋の店主、エミナと共に全員で作っていたため、こんな時間になってしまったのだ。

それからせっかくだから昼食を、ということで一緒にとっているというわけだ。


「私としてもそうしたいところなんだけど、薬は早く届けてあげた方がいいからね。君達の話を聞く限り、そんなにすぐに病状が悪化するものではなさそうだとは分かったんだが、それでも心配なんだ」

バーグがそう言った。

その話を聞いてジュードがしみじみ呟く。

「病気の時って本当、辛《つら》いもんなぁ……」

続けてアルカが言う。

「でもジュード、最近全然病気になんかならないでしょ」

「それはアルカもだろ。ミラなんか一度もなってるの見たことないな……」

このジュードの言葉に、ミラは微笑《ほほえ》む。

「二人とも、鍛えて強くなったからだよ。魔力で病気に対する抵抗力も自然と上がるからね」

「えっ、そういうことだったのか!?」

「知らなかった……」

驚く二人に、ミラは続ける。

「誰でもってわけじゃないけどね。二人がちゃんと修行してきた結果だよ」

これを横で聞いていたバーグが尋ねる。

「それは……本当かい？」

「まぁね」

「私もそんなことは聞いたことないんだが……ま、いいか。君達については何を聞いてももう驚くまい。ただ、そんな君達だからこそ、ちょっと尋ねたいことがあるんだけど」

そう言ってミラ達三人を見つめるバーグ。

「何かしら？」

首を傾げるミラ達に、バーグは言った。

「君達はこのまま、この村で一生過ごすつもりかい？」

これにジュードが、

「俺はそのうち村を出るつもりだぜ。ただ、村を出て何をするかいまいち決まってないんだよな……」

と答える。

次にアルカが少し考えてから、

「私は村の外を旅したりしたいかなぁ。でもそんなお仕事はないよね……あっ、バーグさんみたいに行商人になるとかいいかも？」

と答えた。

最後にミラは、

「私は何でもいいんだけど、ずっとここにいるつもりはないかな。ただ来年で十四だし、そうなったら村を出るかも」

そう言った。

これを聞いたバーグは、

「そういうことならいいアイデアがあるんだが、聞く気はあるかい？」

そう笑いかけた。

首を傾げる三人にバーグは続ける。

「……うん。一応、話を聞く気があるとみなして続けるけど……三人とも、王都の兵学校に入る気はないかな？」


それは意外な提案だった。

「兵学校って……あれか。国の兵士になる学校だよな」

ジュードが尋ねるとバーグは頷いた。

「あぁ、その通りだ」

「でも俺、別に国の兵士になりたいって思いはないぞ？　アルカもミラもそうだよな」

「私はそうだね……っていうか、考えたことがないだけだけど。ミラは？」

「兵士か……ふふっ」

ミラは少し考えて、吹き出す。

前世、暗殺者だった自分が、国の兵士に？

まるで正反対な生き方で、なんだかそれは面白いかも、と一瞬思ったからだ。

誰かの命令を聞くのは慣れているし、仕事として闘うことも得意である。

それを考えてみると職業としては向いているような気もする。

ただやることが、金で人を殺すことから、国を守ることに変わるわけで、大幅な変化ではある。

どちらも殺人を伴う仕事ではあるが、目的が大違いだ。

そんなことを考えているミラの表情を見て、バーグは何か察したらしい。

「どうも、ミラは興味がありそうだね？」

「……うん、そうだね。ないこともない、かな」

この言葉に驚いたのは、ジュードとアルカだった。

「ミラが、兵士に⁉　一番なりそうもないってのに……」

「意外だよ、ミラちゃん……ううん、強さからすれば向いているとは思うけど……そういう感じじゃないっていうか」

「なに、二人とも。失礼だよ、私に」

ギロリとにらみつけるミラに、

「悪い悪い。なんだかイメージから外れてるからさ」

「ごめんね……でもミラちゃんがなりたいっていうなら、私も一緒になってみてもいいかも？」

そんな風に話していると、バーグが深く頷いて言う。

「三人とも入ってくれるなら、これほど嬉《うれ》しいことはないな。どうかな、三人一緒に目指してみては？」

「別に構わないけど……どうしてそんなことを勧めるの？　兵学校なんて」

ミラが不思議に思って尋ねる。

バーグは商人だ。

それなりの商会の経営者とはいえ、兵学校と深い関係があるとは思えない。

だが、バーグは言う。

「森で三人の実力を目の当たりにして、思ったんだ。これほどの才能が、ほとんど世に知られずに終わってしまうのは少し勿体《もったい》ないなって。その点、兵学校で学んで、卒業すれば、もし兵士にならなくても色々な道が開けるからね。君達の未来を見てみたいんだよ」

これにアルカが尋ねる。

「兵学校を卒業しても兵士にならなくてもいいんですか？」

「あぁ、知らないか……まぁ王都に住んでいても、兵士を目指す人間じゃないと詳しくは知らないことだからね。どれ、大雑把に説明しようか」

そしてバーグが兵学校について概要を解説してくれた。

それによると、兵学校というのは主に、軍に所属することになる兵士を育てるための学校であるという。

この軍に所属する兵士というのにも種類があって、誰もが一番にイメージする歩兵から始まり、魔術師や魔剣士、魔道具師や鍛冶師《かじし》なども含まれる。

また、在学中に一定以上の好成績を修めた場合、騎士として立身出世できる道も開けるというのだから結構な優遇だろう。

もちろん、軍に所属してから実績を積んで騎士になることも出来るが、そのためには相当な活躍が必要になるため、学校で好成績を修めるというのが現実的に庶民が狙える最も簡単な貴族への道ということになる。

この場合、得られる爵位は騎士爵と呼ばれる貴族の中でも最下級の地位だが、それがあるのとないのとでは雲泥の差だという。

さらにその後にそれなりの功績を挙げれば、男爵にも上がれるし、一代で子爵になることすらも夢ではないとも。

ちなみに、兵学校以外にも王都には様々な学校があり、一番有名なのは王立学院と呼ばれるところだ。

ここに関しては基本的に貴族しか受け入れていないらしく、僅かな平民枠があるだけだという。

そして、たとえ入れても、周りが貴族ばかりなので、平民の身分で入ると相当気を遣う羽目になるということだ。

ただし卒業できれば受けられる優遇はもの凄く、そのために平民枠の倍率は数百倍にまで及び、その上、その高倍率での競争の結果か、平民枠での卒業者はいずれも優秀な者ばかりらしい。

また、王立学院の他にも魔道具研究院とか、魔術塔付属校といったところもあり、それぞれ特色があるらしい。

「それなのにどうして兵学校を一番に薦めるんだ？」

一通り聞いて、ジュードがそう尋ねると、バーグは答えた。

「一番は、最も学費が安いからだね」

これには思わずなるほど、と三人で頷いた。

村で生活していると、家にどれくらいのお金があるか、成長するに従い自《おの》ずと察せられてくる。

その感覚からすれば、学校に通えるような蓄えが家にある、と言い切れるのはこの中ではミラくらいだった。

だからアルカが残念そうに呟く。

「……でも、いくら安くても私の家は出せないからなぁ」

「俺のところもだぜ」

ジュードも苦い顔でそう続ける。

さらにミラも、

「私の家は出せるだろうけど、私のために学費を、とはあんまり言いたくないかな」

そう首を横に振った。

スチュアート家は男爵家とはいえ、村一つという小さな領地を治めているに過ぎない家だ。

学校の学費というのはそんなに安いものではなく、負担をかける気にならなかった。

いざとなれば自分で稼げるという感覚があることも、その気持ちに拍車をかけていた。

しかしそんな乗り気でない三人に、バーグが背中を押すように言う。

「そう言うと思ったよ。でも、もし君達が兵学校に行きたいと言うのなら、学費や生活費はうちの商会で持たせて欲しい」


これは渡りに船の提案だった。

バーグの商会がかなり羽振りが良さそうなのは、村に持ってきた商品や、バーグの身につけているものからミラは察していたからだ。

ただ、ジュードとアルカはその提案を固辞する。

「いや、流石にそれは申し訳ないだろ。バーグさんにそこまでしてもらうのはさ」

「そうだよ、私達、何にもしてないのに」

しかしそれに対して、バーグは両手を挙げて振る。

「何もしてないなんてとんでもない！　君達、ラムド大森林の案内やそこまでの護衛なんて、王都で頼んだら普通いくらかかるか知らないだろう？　申し訳ないなんて思うことは全くないんだよ」

これにミラは尋ねる。

もちろん、ミラは護衛や案内にいくらくらいかかるか、大体の価格帯の想像はついていたが、あくまでもジュードとアルカにそのことを認識させるための助け船としてだった。

「どのくらいなのかな？」

「そうだね……三人で案内と護衛を完璧にこなしてくれるとして、金貨十枚ほどだろうね」

「えっ、金貨十枚⁉　うちの年収より多いぜ……」

「一人……金貨三枚とちょっとってこと⁉」

驚く二人に、バーグは続ける。

「いや、一人当たり金貨十枚だよ……。そして、兵学校の学費は、年間金貨一枚だね。王都での生活費は……まぁ、寮に入るなら金貨二枚もあれば足りるんじゃないかな。卒業に三年だから、つまり、金貨十枚で十分に払いきれるんだよ」

ミラにとっては、まぁそんなものだろうなという報酬額だった。

暗殺者ミラがかつて受け取っていた報酬と比べると少ないが、それなりの腕の傭兵《ようへい》や冒険者が受け取るものとして妥当と言える額だろう。

だからミラは言った。

「なるほど。それなら家にあんまり負担をかけずに学校に行けるんだね。だったら挑戦してみてもいいかも。あ、そういえば入るのに試験とかあるのかな？」

ミラとしてはもう、兵学校に入る気になっていた。

どうせ、一度なくした命である。

二度目はどうやって使うべきか、十年以上ずっと考えてきたが、それほど明確には定まっていなかった。

そんな中で与えられた、国を、ひいては人を守るという選択肢は中々に面白そうに思えた。

前世は、暗殺者として、人を殺すことでしか居場所を見つけられなかった自分が、人を守るのだ。

これほどに皮肉の利いた話はない。

加えて、ジュードとアルカの行く末についても見たくなっていた。

二人とも、この数年間ミラが鍛え続けた、いわば弟子のようなものだ。

同い年で弟子とか言うのも何か変なので明確にそう言ってはこなかったが、戦い方も、魔力の扱い方も、薬学医学に、果ては暗殺術まで教え込んできた愛弟子《まなでし》と言っていい存在だ。

そんな彼らがこんな村で一生を終えるというのは……バーグの台詞《せりふ》ではないがなんだか勿体ないような気もするのだ。

兵学校に行き、広い世界を見て、その上でどこかに羽ばたくところを見てみたい。

そう思ったのだ。

そんなミラの思いなど知らないだろうが、バーグはミラの質問に答える。

「そうだね、筆記試験と実技試験があるが……今から半年後に行われるから勉強すればなんとかなる……かもね。そういえば、この村の住人は計算なんかは結構できるようだし、三人も同じかい？　だとすれば後は、歴史とか基礎的な魔術についての知識とかなんだが……」

バーグの言葉をふんふんと聞いていたジュードが、

「計算？　それなら結構できる方だと思うぜ。歴史や魔術理論なんかもそこそこ学んだし……ミラほどは分からねぇけど」

と言い、アルカも頷いて、

「私も大丈夫かなぁ。計算はジュードの方が得意だけど、魔術理論は私の方が出来るもんね」

そう言って胸を張る。

この二人の反応は意外だったのか、バーグが、

「ほ、本当かい？　一応、王都のそこそこ裕福な家の出でも落ちることがあるくらいには難しいんだけど……」

と言ったが、ミラはまぁ大丈夫だろうと確信していた。

計算については確かにスチュアート家が村全体のために開いている学《まな》び舎《や》で教えているが、それはあくまでも日常で使う基本的なものだけだ。

しかし、アルカとジュードには、ミラが直々に、複雑な計算や、村で生活するにあたってはまず必要のない地理歴史、それに加えて高度な魔術理論まで叩《たた》き込《こ》んでいた。

二人とも他に比較対象がいないため、誰でもこれくらいは覚えるものと思って粛々と学んできたが、実際にはとんでもない話で、この年齢でここまでの知識や技術を身につけている者など滅多にいないだろう。

とはいえ、バーグはそんなことを知らない。

だからミラは言う。

「駄目だったら駄目だったで諦めて他の道を探せばいいからね……その時はほら、バーグさんのところで雇ったりとかしてもらえれば嬉しい」

するとバーグは顎をさする。

「それくらいなら全然構わないが、その場合は普通に見習い扱いになってしまうよ？　流石に仕事については、おかしな贔屓《ひいき》は出来ないからね。もちろん、能力があれば出世できるが」

「それなら問題ないよ。じゃあ、そういうことでお願いできるかな。アルカとジュードもその方向でいい？」

「おう、大丈夫だぜ」

「それでいいよ！」

頷いた二人を確認し、バーグも、

「では、まずは教科書や願書、それに問題集なんかを次に来るときには持ってくるよ。受験するときも、私が迎えに来よう」

そう言って、村を去ったのだった。

▼

数日後。

王都、ローゼン公爵邸。

「……バーグ様。ようこそいらっしゃいました。して……例のものが手に入ったのですかな!?」

突然訪問してきたバーグに対してすがるようにそう尋ねたのは、ローゼン公爵家の執事であるメイゼンだった。

老齢にさしかかりながらも、しっかりと背筋は伸びているし、動きも洗練されている。

しかし普段なら決して見せない焦りがそこにはあった。

そんなメイゼンにバーグは言う。


「お嬢様の病を治療できるものでしたら、手に入りました」

その言葉にメイゼンは目を輝かせる。

「おぉ！　つまり《風灯草》を……!!」

「……いえ、まぁ……ともかく、お嬢様の下へ案内していただけますか？　可能な限り早く、治療をして差し上げるべきでしょうから」

「もちろんです！　どうぞこちらへ」

メイゼンは慌てるあまり、普段なら気づくであろうことに気づかなかった。

《風灯草》が手に入ったのか、と聞かれたバーグの歯切れが妙に悪いということに。

しかしそのままメイゼンはバーグを案内する。

ローゼン公爵家令嬢エミリアの寝室へと……。

「お館様！　バーグ様がいらっしゃいました！」

部屋に入るとメイゼンは寝室の中、寝台の横に座っている男性にそう話しかける。

その人物こそ、ローゼン公爵家の主《あるじ》であるアルベルト・ローゼン公爵その人であった。

剣術に長《た》けた家として知られ、本人も《剣聖》とまで呼ばれるほどの力を持つローゼン公爵の表情は、直前までその放つ覇気に似つかわしくないほどに暗いものだった。

しかし、メイゼンの言葉にパッと明るくなり、そしてバーグの姿をその瞳に映すと、わざわざ立ち上がって近寄る。

「バーグ！　来たか！　お前が来たということは……期待して、いいのだな⁉」

まさにすがるようだった。

《剣聖》の見せるべき姿ではなかった。

けれど、彼はそれを見せることに躊躇していなかった。

それだけ、大切だということだ。

それは簡単な話だ。

寝台に横になり、汗をかきながら苦しそうな表情をしている少女の姿を見れば、誰でも分かる。

彼女こそ、ローゼン公爵の娘のエミリア。

けれど彼女の姿を見れば、その顔の一部に水晶のようなものが浮かんでいた。

手足にもポツポツとそのようなものが見えており、何らかの病にかかっていることは明白だった。

これこそが、魔脈硬化症の症状であり、放置していればいずれ体全体に広がり、死んでしまう。

娘がこの病気にかかったとき、ローゼン公爵はなりふり構わず、王都中の高名な医師を呼びつけ、診察させ、治療法を調べさせた。

だが、誰も娘を治すことは出来ず……けれど、一月ほど前にやっと病名と治療法を知る医師を見つけたのだ。

ただ治療薬の素材が問題で、中でも《風灯草》だけが手に入らなかった。

そこでどうにか手に入れられないかと相談したのが、王都でも知られた商会の一つである、アメニテ商会の代表、バーグだった。

彼はローゼン公爵家とは古い付き合いであり、これまで何度も難しい依頼をしてきたが、いずれも期待以上の結果を出してきてくれた。

今回もかなり難しい、ほとんど不可能に近い依頼だと分かってはいたが、それでも頼まずにはいられなかった。

そんな彼がそれほど暗くない表情で戻ってきたのだ。

つい期待してしまっても仕方がないだろう。

そして、実際にバーグはすがるローゼン公爵に言った。

「ご期待には添えるかと思います。ですが、その前に少しばかり、人払いをお願いできますでしょうか。お話ししなければならないことが……」

「む……？　まぁ他ならぬお前の言葉だ。構わないが……メイゼン」

ローゼン公爵が執事にそう告げると、有能な執事は即座に動き出し、その部屋にいる人物全員を追い出す。

「では、しばらくの間失礼いたします」

と頭を下げ、扉を閉めた。

部屋の中に残ったのは、部屋の主であるエミリア、それにローゼン公爵とバーグだけだ。

そこでバーグは話し出す。

「どこから話したものか。まずは、私がどこに素材を求めに行ったか、そこからになりますか……」


それから、バーグは村でのことを全て話した。

ミラ達のことについても含めてだ。

彼女達は、自分達が作ったことは言わないでくれ、と言っていたが、その際にバーグは流石に依頼主にだけは説明しないと薬の投与に許可が貰《もら》えないから、話しても構わないか尋ねていた。

そしてそれについてはミラ達も理解してくれた。

彼女達が求める、自分達が作ったことを話さない、というのはことさらに広げてくれるなという意味であって、誰一人にも漏らすな、という話ではないとも言っていた。

だから、バーグがローゼン公爵にこれを伝えることはセーフなのだった。

だが、バーグはローゼン公爵にもしっかりと、ミラ達のことについては広めてくれるなと伝えた。

それがせめてもの義理だから。


ローゼン公爵は全てを聞いた後、嘆息して、

「……また随分と不思議な経験をしたようだな、バーグよ」

「私もこんな経験は人生で初めてのことで……。ですが、全て真実です。彼女達の言っていることも、信用できるかと」

「それで、その薬は……」

言われてバーグは懐からミラ達が製作した薬を取り出し、ローゼン公爵に差し出す。

それは丸薬だった。

ただし色は朱色をしていて、あめ玉のようですらある。

「こんなもので……治るのだろうか？《風灯草》は毒というのは……」

「先ほどもお話ししましたが、お嬢様と同じ症状の魔鼠《まそ》に投与したところ、急速に悪化するところを私ははっきりとこの目で見ております。お嬢様には、こちらのお薬を投与すべきかと」

「……すまぬ。疑っているわけではないのだ。だが、私は医師ではない。何が正しいのか、判断がつ

かぬのだ。だが……そうだな。バーグ、お前が見たものを信じるべきだと、直感が言っている。戦場で何度も私の命を救った直感が……。賭けてみるとしよう」

ローゼン公爵はそう言って、瓶の中に入った丸薬を一つ取り出し、まず自分の口に含んだ。

「公爵閣下……!?」

「ふむ、私が摂取しても特になんともないようだな……」

「なぜそのような……」

「毒味だ毒味。それに、お前にこの薬を渡した者達も、このように使うことも想定していたのだろう。服用法も聞いたが、一日一粒、三日も飲めば治るという話なのに、この瓶には三十粒は入っている。だからな」

「それでもせめて飲む前に一言おっしゃってくだされば……健康な人間が摂取しては毒になりうる薬であることもありえますでしょうに」

そんなバーグの言葉にローゼン公爵は笑う。

「はっはっは。驚くような話を聞かされたのだ。これくらいはな……ともあれ、毒ではなさそうだ。では、娘に飲ませるか……エミリア。体を起こせるか？」

うつらうつらとして、意識がぼんやりとしているエミリアにそう話しかけ、優しく体を起こしてやるローゼン公爵。

バーグは水差しを手に取り、コップに水を注いだ。

ローゼン公爵はエミリアに続ける。

「これは、お前の病を治してくれる薬だ。バーグが見つけてきてくれた……水を飲むことすら辛いかもしれんが……口を開けてくれ」


その言葉に、エミリアは力を振り絞って口を開く。

その中にローゼン公爵は丸薬をころりと入れた。

バーグがローゼン公爵にコップを手渡し、ローゼン公爵は水をエミリアに飲ませる。

こくり、と喉が動き、確かに飲み込んだことを確認してローゼン公爵はエミリアをゆっくりとベッドに寝かせた。


「これで効くといいのだが……見る限り、苦しそうな様子はないが……」


そう呟いたローゼン公爵。

すると次の瞬間。

「ロ、ローゼン公爵閣下！　エミリア様の体が……!!」

「何!?　これは……水晶が、剥がれていく……？」

見れば、エミリアの顔に張り付くように生えていた水晶が、ぽろり、と落ちた。

他の部分、手足にもあるのが見えるそれらも同様だ。

ただ、完全にというわけではなく、半分ほどは残っているようだが……。

それでも。


「バーグ……これは、効いたということで、いいのだな……？」

ローゼン公爵が、絞り出すような声でそう言った。

バーグが見ると、公爵の瞳は少し赤くなっている。

バーグは頷いて答えた。

「ええ、それでよろしいかと。あの村で見た、魔鼠《まそ》も同じようになって、最後には全ての水晶が剝がれ落ちて元気になっておりましたので。人間の場合はやはり、少し時間がかかるということなのでしょうが……これなら三日、同じように丸薬を投与すれば問題なさそうに思えます」

「そうか……そうか！　良かった。これでエミリアは助かる……助かるのだ！」

ローゼン公爵はそんなことを言いながら、感極まったのかバーグに抱きつく。

バーグとしてはどうしたらいいのか分からず固まってしまったが、絞り出すように、

「本当に……」

そう言うしかなかったのだった。

それからしばらくして、ローゼン公爵は言う。

「……失態を見せたな」

ばつの悪そうな表情でそう言ったローゼン公爵に、バーグは少し苦笑して言う。

「いえ、ご令嬢の命が助かった瞬間なのですから、親として当然かと……」

「うむ、そう言ってもらえると助かる。しかし……これだけのことをしてもらって、その村の者達に何もしないというのは、公爵家の名折れなのだが……」

ローゼン公爵はそちらの方が気になりだしたらしい。

けれどこれについてバーグは言う。

「かの者達は急に目立つことを厭《いと》うておりましたので、公爵家として何かをするのは礼にはならないのではないかと」


特にミラだ。

彼女はあの三人の中で、特に目立ちたくなさそうな感じだった。

ただ、その割にはやっていることが規格外に過ぎる。

その辺りについては自覚的なのかどうか。

判断のつかない変わった少女だったと思う。

「そのような話だったな。しかし、アメニテ商会の方からは礼をする予定なのだろう？」

「礼になるのかどうか。兵学校への入学のための協力と、学費寮費生活費全てを負担する、というだけですので……」

実際、今回のことでアメニテ商会が公爵家より得る利益からすれば、微々たるものに過ぎない。

ジュードとアルカの二人はともかく、ミラはそのことについても十分に分かっているようだったのに、それでもそれだけでいいと言ったのだ。

普通言えることではない。

人間の欲深さをバーグはよく知っている。

金貨を目の前に積み上げられて、それをいらないと言えるのは、よほどの大物か、それとも大馬鹿者かだ。

ミラはとてもではないが馬鹿には見えなかった。

「公爵家にこれだけの恩を売っておいて、その程度で構わないとは無欲な者達よ」

「彼らはそもそも、件《くだん》の患者が公爵家の者だとは知りませんから……いえ、高貴な者だと分かってはいましたが、その時点で深入りは危険そうだと言っておりましたので、知りたくもなかったというのが本当のところでしょうが」

その辺のバランス感覚も、辺境の村に住む者としてはおかしい。

けれど調べた限り、ミラ達は間違いなくあの村に生まれ、そして生まれてこの方ほとんど村の外に出たことがない子供であることがはっきりしている。

一体どうやったらあのような村であんな子供達が育つのか。

今でも不思議でたまらないバーグだった。


「あぁ、そのようなことも言っていたな。そう、あえて《風灯草》の投与を勧めるような者が現れたのは、何らかの陰謀の可能性があると示唆していたとも。ありえない話ではないか……」


こんな話も、普通の子供が想定できることではないのに暗に匂わせてきたのだ。

いや、もう十三ということを考えれば子供とも言えない年齢ではあるのだが、それにしても……。

本当に将来が楽しみになる……いや、末恐ろしい子供達だ。

そんなことを考えながら、バーグは返答する。


「ええ。一応、効かずとも《風灯草》はお持ちしましたので、公爵閣下の方でこちらはうまくお使いになってください。ご令嬢の病状はパッと見では、大きく改善していないように見えますし、件の医師を今日のうちに呼びつければ何か分かるやもしれません」

「娘をおとりに使うようで気が引けるが……今後のことを考えれば、それが最善か。よし、ではそのようにしよう。お前の方でも気をつけるといい。この後、娘が快癒すれば、それは定期的に出入りしていたお前のお陰と見る者もいるかもしれんからな」

「承知しました」

第3章　幹部兵学校入学試験

「あっ、見えてきたよー！」

馬車の幌《ほろ》から顔を出し、アルカがそう叫んだ。

どうやら王都にそろそろ到着するらしい。

バーグと出会ってから半年。

とうとう、兵学校の入学試験を受けに王都にやってきたのだ。

この半年、ミラはアルカとジュードにさらに厳しく色々と叩《たた》き込《こ》んだ。

かなり厳しく教えていることを察せられないためにあえて教えてこなかったことも、流石《さすが》に王都に行ってしまえば常識がないと困るだろうとちゃんと教えることにした。

その結果、アルカもジュードも自分達がちょっと変わった訓練を受けてきたことを今は理解している。

「おぉ、やっぱりでっけぇな。あの城壁は魔物から街を守るためのものなんだろ？　村にもあったら自警団が楽になるのにな」

ジュードもアルカと同様に幌から顔を出しながらそう言う。

そんな中、ミラはと言えば、荷台の中で問題集を読んでいた。

御者台のバーグがちらりと荷台を覗《のぞ》き、ミラに言う。

「ミラはアルカとジュードみたいに王都を見なくてもいいのかな？」

「どうせ、学校に通うことになったら何度も見る景色だからね」

「これは冷めてるねぇ……そもそも絶対に受かるなんて言えないんじゃ」

「ううん、絶対に受かるよ。この問題集を見る限り、アルカとジュードでも満点取れるから」

「それは流石に無理だろう……？　えっ、本当に？」

苦笑しながら否定し、ミラの顔を見たバーグだったが、ミラが真面目な表情をしていたため、冗談は言っていないことを理解する。

「本当に。数学は初歩だし、地理歴史は大雑把だし、魔術理論もこれ、第三位階までの内容しか含まれてないようだから。他の科目も似たり寄ったりだし。いずれもアルカとジュードは完璧だよ」

「本気で言ってるのかい……？　どれもそこそこ難しいと言われてるんだけどね」

「どれくらい？」

「たとえば数学は解けるならとりあえずどこの商家でも雇ってくれる程度だと言われているよ。私も問題を見たことがあるが、これくらい解けるのであればうちで普通に雇うくらいのものだったね」

「そうなんだ……」


少しがっかりしたミラだった。

しかし、考えてみれば、学校の試験など前世では受けた記憶がなく、そんなものかもとも思った。

学校に潜入して仕事をしたりすることもあったが、どうしても途中編入のような形になったり、職員の振りをして入り込むとかそういう感じばかりだったから試験など受けることはなかった。

家では知識技術が確かに身についているか、それを確かめる機会はあったが、それは学校の試験のような点数のつけられるものではなく、家族や《組織》が満足する基準に達しているかを彼らのものさしで測るものだったし。

それを考えれば、普通の試験はこんなものなのかもしれない、と思ったミラだった。

「ま、君達ならまず間違いなく受かるだろうとは、私も思ってるけどね。初めて会ったときだって相当驚かされたが、この半年でも結構なものだったよ。私はかなり儲《もう》けさせてもらったが……本当にお金はいいのかい？」


実は、この半年で、バーグは何度も村に来ている。

もちろんそれは、兵学校の試験のための教科書や問題集、願書などを渡すためだが、その際に一緒に食事をとったり話したりする中で、彼の抱えた問題などを聞いたりした。

そして解決策があるものについては、助言したりしてきたのだ。

それによってバーグは何度も得をしたらしく、それをミラ達に還元したいとその都度言ってきた。

けれどそれをミラ達は固辞し続けた。

お金が要らない、とまでは言わないが、それでも受け取らないのは、バーグがくれるという金額が子供が持つにはあまりにも巨額すぎるのと、それを受け取ってしまうとミラ達がどこかから目をつけられる可能性があるというのがあった。

せいぜい、学校に通うための援助くらいが限度だろうと。

だからそれでいいのだとミラ達は思っている。


「気にしないでバーグさん。そのうち、アメニテ商会に買い物に行くこともあるだろうから、そういうときに値引きでもしてくれればそれで」

「値引きだなんてとんでもない。何でもただであげるよ」

「だからそういうのはいいいんだって……あ、そろそろ本当に着くね」

「そうだね。入街検査が一応あるけど、君達はしっかり身分証があるから心配は要らないよ」

ミラ達の身分証は、一応男爵であるミラの父から発行された正式なものなので何も問題はない。

実は、ミラ達が兵学校の入学試験を受けると聞いて、それぞれの両親は皆、驚いていた。

だから、三人とも説得に時間がかかるかと思ったのだが、意外にもそうはならなかった。

というのも、ミラ達の自警団での実力はすでに誰もが知るところとなっていて、いずれ三人とも村を出て一旗揚げるのだろうと思っていたらしい。

それが今になっただけだ、という感覚のようだった。

それでもやはり、寂しがられたが、学校に通うことになったとしても永遠に会えなくなるわけでは勿論《もちろん》ない。

だから、長期の休みなど、帰れる機会には帰ることだけ約束したら、あっさりと許されたのだった。

一番問題となるはずの学費についても、伝えた当初は皆、出すつもりでいてくれたようだが、すでにバーグから援助を受ける話がまとまっていると言うとさらに驚かれた。

商人であるバーグから援助を受けることによって、将来の進路が縛られるのではないか、という心配も少しあったようだが、バーグが根気よく説明してくれて、結果的に問題はなさそうだということになった。

実際、バーグは特にミラ達が卒業した後を縛るつもりはないようだった。

もちろん、何か頼みたいことがあったら連絡するくらいのことはあるだろうが、強制的にあれをやれこれをやれとか、そういうことは絶対にしないとはっきり言うくらいだ。

商人にしては珍しく誠実だが、これで王都で商人などやっていけてるのだろうかと少しだけ心配になったミラだった。

けれどもそれは、アメニテ商会本店の建物を見るその時までだった。

入街検査を終えて街に入り、少し進むと、大通りの途中でバーグが、

「あ、ここが私のアメニテ商会本店だよ。馬車はここで停《と》めて、これから歩きだけどいいかな？」

そう言って馬車を停めたので、外に降りて見てみると、そこには相当大きな建物があった。

「アメニテ商会ってこんなにデカかったのかよ……」

ジュードがそう呟《つぶや》き、続けてアルカも言う。

「五階建てだね……村にはこんな建物ないよ。横幅も凄《すご》いし、奥行きもあるし……」

「後ろの方には倉庫もくっついてるから必然的に大きくなっちゃってね。王国各地との中継点も兼ねてるからどうしてもこれ以下には出来ないんだ。あ、三人が試験まで泊まる宿屋はちゃんと別のところにとってあるから、うるさいってことはないよ。ここはどうにも騒がしくて眠れないだろうからね」

バーグが言う通り、商店の中は非常に活気があった。

大勢の客が入れ替わり立ち替わり入ってきている。

店員はいずれもしっかりとしていて、そんな客達をうまく捌《さば》いているようだった。

「何か必要なものがあれば、宿まで運ばせるから、言ってね。お金は要らないから」

「い、いや、何もないぞ。そもそも、教科書類とか、筆記用具とか、あと武具なんかもくれたんだし、

「これ以上は……」

ジュードが恐縮して言う。

今までもなんとなく察してはいたものの、実際に大きな商会なのを目の当たりにして少し気が引けているのだ。

対してアルカは、

「うーん、今のところはないかなぁ。でも頼めるのはありがたいね」

と大物の気配を醸し出している。

ミラはと言えば、

「それより、宿に案内してくれると嬉《うれ》しい。バーグさんが忙しいなら、誰か別の人でもいいよ」

とマイペースだ。

バーグは、

「もちろん、私が案内するよ。あぁ、君。これから出るけど、店に問題はないね？」

「え……？　あっ、か、会頭!?　なぜ……あ、あの、店自体は大丈夫ですが、お会いしたいと訪ねてこられた方が、ここ数日の間に何人か……」

「それは待たせておいてくれ。今、私にとって一番大事な人達の案内をしないとならないんだよ。じゃ、よろしく……さて、行こうか三人とも」

軽く店員をあしらってから、歩き出すバーグ。

そんな彼を見ながら、ジュードがアルカとミラに言う。

「……もしかしなくても、俺達よりその待ってる人達を相手にすべきなんじゃねぇのか？」

「だよね……」

「まぁ本人がいいって言うんだからいいんじゃないかな。ちゃんと商人やってるみたいだし、本当にまずい相手なら私達のことは後回しにするでしょ」

「……ま、そうか」

「どうしたんだい、三人とも？　こっちだよ」

三人がそんな話をしているとも知らず、そう言って呼ぶバーグであった。


「ただいま着任しました！」

ぴしり、とした敬礼と共にそう言ったのは、一人の騎士だった。

それもただの騎士ではなく、この国、サイレン王国において最強とも言われる騎士だ。

彼女の名前は、アンジェラ・カース。

そして彼女が今いるのは、サイレン王国、幹部兵学校の学校長執務室だった。

アンジェラの目の前、執務机には壮年の男性がついていて、アンジェラの敬礼に深く頷《うなず》いてから口を開く。

「良く来てくれた、騎士アンジェラ。本当なら貴女《あなた》のような英雄にわざわざ頼むようなことではなかったのだが……快く受けてくれてありがたく思う」

「いえ、ブライズ先生。そのようなことは……私が騎士としてそれなりになれたのは、全てブライズ先生のお陰ですので。呼ばれれば、どこであろうと馳《は》せ参《さん》じましょうとも」

男の名前は、ブライズ・アルベスと言った。

五十代半ばと思《おぼ》しき顔立ちだが、その肉体はよく鍛えられ、背筋はピンと伸びている。

またその佇《たたず》まいからは戦いを生業《なりわい》とし、未《いま》だ現役である者特有の緊張感が感じられた。

事実、彼は昨年までは最前線で将軍として活躍しており、今すぐにでも復帰可能な程に磨き抜かれた実力を保っている。

ただ、そんな彼がこうして幹部兵学校の学校長などをしているのは、そのような指示を上から……もっと正確に言うのなら、国王陛下から受けたからだ。

「それなりとは謙遜にも程がある。それに、私が教えたことなど、ごく僅《わず》かだ。今の貴女がそうして在るのは、貴女自身の努力に他ならない」

「過分な評価、痛み入ります」

瞑目《めいもく》し、頭を下げるアンジェラ。

そんな彼女にブライズはふっと微笑《ほほえ》み、

「まぁしかし、堅苦しいのはここまでにしておこう。これからは不定期とはいえ、学校内で頻繁に顔を合わせることになるのだからな」

「そう言っていただけるとありがたいです。先生」


アンジェラもまた、ブライズと同様につい先日まで、最前線で戦う騎士だった。

今でも十分に、というか誰よりも活躍できる力を持っている。

けれど、前線が小康状態にあり、アンジェラほどの戦力を派遣し続けるのは資源の無駄だと考えた上層部が、彼女の力を有効活用しようと幹部兵学校の臨時講師に任じた。

もちろん、本来の所属は騎士団であるため、そちらの業務が優先なのだが、不定期に兵学校に通い、新しい世代の幹部兵士達を養成する役割を期待されている。

アンジェラがいかに一騎当千の英雄であろうとも、永遠に一人で戦い続けられるわけではない。

後進を十分に育てていく必要があるのだ。


「さて、アンジェラ。君に本格的に仕事をしてもらうのは、新入生が入学してから、ということになるが……」

「おや、そうでしたか。本日から試験が始まっているので、てっきりそこでも手伝いをするようにと呼ばれたものかと考えていたのですが」

アンジェラがこう言ったのには理由がある。

彼女は今でこそ、実績によって爵位を授かった立派な貴族の一員であるものの、元々の生まれは平民である。

当然、戦う術《すべ》を学べる場所は限られており、子供の頃はその辺の傭兵《ようへい》や冒険者から、そしてある程度の腕になった後は、この幹部兵学校の門を叩いた。

つまりアンジェラはこの学校の卒業生なのだ。

だからこそ、兵学校のスケジュールやシステムなどは知り尽くしている。

兵学校に派遣されることになった後、当然の如《ごと》く今の兵学校のシステムがどうなっているかについても事前資料などを読み込んだり、また直近の卒業生などの話も聞いたりして調べた。

それによると幸い、アンジェラが通っていた頃とさして変わっていないらしく、当時の感覚でも古びているということはなさそうだった。

特に入学試験については、試験内容はそれなりにアップグレードされているものの、大枠は変わっていない。

つまりは、筆記試験と、実技試験だ。

一応、これに加えて面接などもあるのだが、これは人格的に大きな問題がある者を弾《はじ》くためにあるだけで、大抵の人間が通る。

しかも、筆記と実技に合格した者しか受けない。

そのため、実質的な試験は筆記と実技になる。

筆記は一日かけておよそ七教科について行われる。

数学や地理歴史、魔術理論などだ。

これらに関しては十三歳の人間が受けるにしてはかなり難解なものとなっており、特に数学と魔術理論についてはいっぱしの大人が受けてもまず半分以上とれないほどの高度なものだ。

そのため、全教科合わせて五割以上とれれば合格できるのだが、そのためにも猛勉強が必要だったりする。

さらにそこに合格しても実技がある。

これについては身体能力検査と、武術および魔術のそれがあり、基本的に全員が受ける。

ただ、魔術についてはは平民である以上、全く使えない者も大勢いる。

そのため、身体能力と武術の才覚を示せばそれで合格できるような制度になっている。

ただ、問題はその才覚を見抜く試験官の方にあった。

未だ磨かれていない原石、それをしっかりと見抜き、評価するためにはそれ相応の実力が要るからだ。

魔術についてはある程度以上の魔力量を示すとか、そこそこの魔術を見せてもらえばいいので評価しやすいが、武術となると、実際に戦ってもらうしかない。

試験官に勝てば合格、とかそういう試験ではなく、あくまでも実力を示すのが目的なので負けても構わないというか、負けるのが当然なのだが、ここで徹底的にしごかれるため地獄だと言われることが多い。

そのような試験を担当できる人間というのはそれほど多くないわけだが、たくさんの受験生がいるためにある程度の人数を揃《そろ》える必要があり、兵学校の教員のみならず、騎士団などからこのときだけ出向してもらったりする。

アンジェラは、まさにその試験が行われている今の時期に自分が呼ばれたからには絶対それに参加しろと言われるだろうと思っていたのだった。

サイレン王国最強の騎士の名をほしいままにしているアンジェラである。

試験官としてはこれ以上望むべくもないほどの腕はある。

だから、と。

けれどブライズはそんな彼女に言った。

「兵学校の試験で君が出てきたら受験生は皆、失神してしまうだろう。流石にそれは難しいな」

「いえ、そんなことは……」

「あるんだよ。少なくとも兵学校を目指す人間の中に、君の名前を知らぬ者はいない。まぁ……容姿について記憶に残るほど近くからはっきりと見たことがある者は少ないだろうから気づかない者も多いかもしれないが、それでも戦ってみせれば、それなりの人間が君だと気づく可能性はあるだろう。そうすれば試験どころではなくなってしまうだろうからね」

「そういうものでしょうか？」

小首を傾《かし》げるアンジェラに、ブライズは苦笑する。

アンジェラはサイレン王国の中で誰よりも名声のある騎士だが、同時にそのことに少し無自覚なところがあったなと思ったからだ。

もちろん、事実として自分が強いこともそれを多くの国民が知っていることも分かってはいるだろう。

けれど、そのことがどれほどの力を発揮するのかは分かっていないのだ。

まぁ、それも当然と言えば当然なのだが。

なにせ、アンジェラはその人生のほとんどを戦場に捧《ささ》げている。

非番の日など今までほとんどなく、王都を一人でぶらぶら歩くとか、そういうことすら滅多になかったはずだ。

国民と接するのは、せいぜいが戦勝パレードとか、国王陛下の護衛として近づく者がいないか警戒しているときとか、そんなものだ。

そんな日々しか送ってこなかったのでは、この鈍感さにも無理はないなと思う。

そしてだからこそ、陛下はアンジェラを兵学校の臨時講師に任じたのだろうとも。

要は、これは彼女に与えられた休暇のようなものだ。

幸い、今サイレン王国はここ数十年の中でも珍しいほどには平和な状況にある。

即座に対応しなければならない前線というのは現在、存在しない。

だから今、アンジェラが送ることのできなかった平穏な日々を味わってもらおうと、そういう心遣いなのだろう。

しかし、アンジェラはその辺りを理解していないようで、少し思案してブライズに言う。

「……そういうことでしたら、私の顔が分からなければ問題ないのではありませんか？」

「む？　どういうことだ？」

「素顔を出してやれば気づく者がいるというのであれば、素顔を隠してしまえばいい。幸い、ここは兵学校です。教員用の鎧《よろい》のストックなどいくらでもあるでしょう？　鉄仮面を被《かぶ》ってしまえば、誰も私が私だとは思いません。もちろん、戦い方も普段とは変えましょう」

アンジェラはどうしても、仕事がしたいらしい、とブライズはそこで理解する。

どこに行ってもワーカホリック気味の彼女だ。

そういうことをしないで済むようにとの陛下の気遣いであるというのに、ここでも彼女はいつもと変わらずに仕事に全力投球するつもりらしかった。

ただ、ブライズはことさらに止めようとは思わなかった。

なぜなら、彼女は昔からこういう性格だったからだ。

兵学校入学当初は大したことがない……せいぜいがそこそこ優秀な生徒に過ぎなかったのだが、三年間をストイックに学業と修行に費やし、結果として首席で卒業している。

正直、彼女よりも才能にあふれた生徒というのはいた。

そして彼らは間違いなく活躍しているのだが、そんな彼らをすら遥《はる》か後方に置いて、どこまでもカッ飛んでしまったのがアンジェラだった。

今ではサイレン王国最強騎士だ。

才能があったから、程度ではどうやっても辿《たど》り着《つ》くことの出来ない高みである。

そういうアンジェラに、いや、今日はゆっくりしてくれ、と言っても無駄であろうと、ブライズはそう思ったのだ。

「……そうだな。教員用の鎧くらいなら沢山ある。せっかくだから、参加してもらってもいいか。とはいえ、もし万が一バレるようなことがあれば、そこで試験官としての仕事は終わりにしてもらうが……」

「そのような事態には陥りません……と言いたいところですが、何事にも絶対はありませんからね。承知しました」

昔ならここでも絶対に折れることはなかっただろうアンジェラがそう言ったことが、ブライズは意外だった。

けれど……。

「ふむ、君も随分と大人になったようだな？」

そういうことなのだろうと思った。

アンジェラはブライズの言葉にふっと微笑み、

「軍でそれなりに揉《も》まれましたからね。学生時代ほど張り詰めてはいません」

「そうか、それはいい変化だな……では、これから学校内を案内しよう。昔と変わっているところもあるからな。実技試験は明日だから、鎧を見繕いがてら、試験の採点基準についても説明する。いいかな？」

「はい、どうぞよろしくお願いします」


カリカリと筆記具で文字を書く音だけが部屋の中に響いている。

周囲にいるのは、サイレン王国幹部兵学校入学試験を受ける受験生達だ。

広い部屋の中に長机がいくつも置かれ、一定間隔で受験生が座り、問題とにらめっこをしながら解いているところだった。

受験生の他に、最前列には試験官がおり、またカンニング防止なのだろう若手の補助員が机の間を歩き回っている。

流石、天下の幹部兵学校だけあり、絶対に不正は許さないという覚悟が感じられた。

ちなみに、不正をした場合は問答無用で不合格なので通常、する人間はいない。

百年近い歴史の中でも、一度あった程度だというのでまぁ、普通はまず無理なのだろう。でも、私ならやろうと思えば普通に出来るけどね、とミラは思った。

この空間の中にいるということは、ミラもまた受験生の一人であるということで、目の前には問題と解答用紙がしっかりとある。

今彼女が解いているのは魔術理論で、すでに数学と地理歴史の試験は終わっていた。

かなり難易度が高い試験だという話だったが、今のところは何も心配することはなく、数学も、地理歴史も悩むような問題はなかった。

けれど、ミラは今、人知れず心の中でうなっていた。

といっても、周囲の受験生達と同じ気持ちではない。

問題が解けそうもなくて、うなっているというわけではないのだ。

ではどういうことかと言えば、問題があまりにも簡単すぎる、ということだった。

ミラが兵学校に入る目的は、前世とは正反対に、人や国を守るために生きてみるのも面白そうだから、というところにあるが、別に極端に目立ちたいわけではない。

人の組織の中では出る杭《くい》は打たれるということを、ミラはよく知っていた。

もちろん、いずれは徐々に出世していきたいとは思っているものの、それは目をつけられない範囲であり、急にというわけではないのだ。

そこから考えると、あまりにも高得点を取ってしまうのは好ましくないということになる。

だが、問題が簡単すぎて……このまま素直に解いてしまうと普通に満点を取ってしまいそうなのだ。

困ったものだが、どうしようか。

そんなことを考えてうなってたのだ。

けれど、それならやるべきことは一つしかない。

わざと間違えるのだ。

ただ、それをやろうとするならさじ加減が難しかった。

入学試験を受けるに当たって、バーグから問題集や教科書などを都合してもらってきたし、大体の合格基準については聞いてきた。

けれどあくまでも、大体、なのだ。

正確に何点を取れば……というのを特定するのは難しかった。

それに実技試験も含むと、更に難しい。

ミラとしては実技試験ではそこそこの実力でしかやらないつもりなので、筆記の方でそれなりの得点を取っておきたかった。

けれど満点は……というわけだ。

とはいえ、ここまで来て不合格というわけにもいかない。

アルカとジュードは間違いなく受かる。

しかも満点近い得点でだ。

能力的には満点を取れると言って良いが、二人とも、ミラと違ってまだ本当に子供なのだ。

普通にケアレスミスはするし、思ってもみなかったところで間違えたりすることもある。

だから満点は取れないだろうと思う。

それでも確実に受かると言える。

二人は二人なりに目標があってここに来たわけだが、ミラとの付き合いという要素もそれなりに含んでいるのだから、ここでミラだけ落ちるというのは申し訳なかった。

まぁそれでも最悪、王都に住んでバーグの店で二人が卒業するまで働くという方法もないではないが……流石にそれは微妙かなと思う。

であれば、だ。

覚悟を決めるしかないか。

ただそれでも、満点は取らない。

大体半分以上取って、実技でそこそこ頑張れば合格にひっかかるという話だったから、魔術理論で七割もとっておけば問題ないだろう。

この後の科目もその辺で調整して……その分、実技は当初の予定より少し頑張ろうかな。

そんなところで抑えることにしたミラだった。

しかし、この判断が、前世暗殺者として最後を除きいかなる任務もしくじらなかったミラにしては珍しい失敗になることを、このときのミラは気づいていなかった

「それで、どうだったかな？　筆記試験の方は」

試験一日目を終え、バーグの薦めた店で夕食をとっているミラ達。

試験問題などを都合したため、手応えがあったかどうか気になったらしく、バーグがそう尋ねた。

「私はそこそこだったよ」

ミラがまずそう答えた。

「そこそこというと……？」

バーグが首を傾げたので、ミラはより正確に答える。

「数学や地理歴史は答えられなかった問題はなかったかな。魔術理論は……そうもいかなかったけど」

実際にはわざとある程度間違えている。

どの問題に何点配点されているか、なんてことは書いてなかったので大体こんなものかという感じで調整しただけだが、おそらく七割程度にはなっているはずだ。

ミラの答えにバーグはほっとしたらしく、

「それは良かった。魔術理論は毎年難問揃いのようだからね。そもそも、これから兵学校で学ぶ者達が解けるわけもないようなものが多く混ざっていると言うし」

そう言った。

これにジュードとアルカが言う。

「そうなのか？　その割には結構解けたけどな……流石に満点とは言わねぇけどよ」

「だよね？　でも、ちょっと難しいかなっていうのはいくつかあったけどね。大抵はどうにかなったよ」

これにバーグは疑わしげな目を向ける。

「本当かい？　いや、疑っているわけではないんだけどね……」

ジュードは心外なようで、

「おいおい、嘘《うそ》なんてついてないぞ、俺は！」

と言い、アルカも続ける。

「私だってそうだよ」

「うーん、そうか。それならいいんだが……ま、何にせよその感じだと筆記でふるい落とされるということにはならなそうだね？」

これにはミラが答える。

「それについては間違いなく大丈夫。五割以上取れば問題ないんでしょう？」

「あぁ、そうだね。特に魔術理論については五割以上取れる者など何年に一回も出ないという話だからね」

「……え？」

これに少ししまった、という表情をするミラ。

バーグは商人らしい表情の読み方で気づき、ミラに尋ねる。

「……もしかして何かやらかしたのかい？」

「やらかしたというか……七割くらいは取れたかなって……」

「七割⁉　いや、まさか……卒業生でもそれは難しいらしいのだが……」

「……まぁ、でも。不合格になるというわけじゃないんだから、いいのかな……」

「それはそうだが……はて、ミラでそうなら、ジュードとアルカは……」

バーグが二人に視線を向けると、

「俺は八割くらいかな？」

「私は解けなかったの二問くらいだったし、九割くらいいけたと思うなぁ。他の科目はミスがなければ全部解けたし」

そう言った。

バーグはふっと息を吐いて、椅子に深く寄りかかり呟く。

「君達は……規格外だとは思っていたけど、それでも評価が足りなかったようだね。薬学医学と、あの森についてだけ突出して優れているのだろうとどこかで考えてしまっていたが……そんなわけはなかったか」

「そんなでもないと思うんだけど」

ミラがサラダを飲み込み、そう言うと、バーグは首を横に振った。

「いや、かなりのものだ。というか、それだけ取ってしまうとおそらく最上位クラスに皆、振り分けられることになるよ」

「最上位クラス？」

「あぁ……説明してもあまり意味がないかと思って言ってなかったんだが、サイレン王国幹部兵学校は、合格した順位によってクラス分けがなされるんだよ。その中でも上位二十名で構成される最上位クラス、一組……魔法銀《ミスラル》クラスはかなり特別でね。卒業まで維持できれば、最低でも一代騎士爵を貰《もら》えるほどなんだよ」

一代騎士爵とは、通常の騎士爵とは異なり、相続できない貴族位のことだ。

さらに領土などもない。

与えられるのは年金だけであり、貴族と言ってもほぼ平民である。

ただ、騎士としては認められるし、これがあるだけで出世も変わってくるため、ないよりあった方がいいのは当然の話だ。

ミラが必要としているかどうかは疑問ではあるが。

「そんなのがあんのか……なんで魔法銀《ミスラル》クラスって言うんだ？　一組なんだろ？」

ジュードが尋ねるとバーグは続けた。

「特別さを表すため、のようだね。元々は貴族のための王立学院で使われていた呼び名だが、兵学校にもそれが導入されたという経緯らしい。ちなみに、そういう別名で呼ぶのは四組までで、二組が金クラス、三組が銀クラス、そして四組が銅クラスだよ。それ以下は普通に数字だ」

これにアルカが、

「別に数字だけでいいのにね。分かりやすいし」

と言うが、バーグは、

「いや、そうでもない。というかその四クラスに属している生徒には証《あかし》としてそれぞれの素材で作られた校章が与えられるんだ。だから誰が優れているか一目瞭然でね。魔法銀《ミスラル》の校章をつけている生徒はそれだけで尊敬されるのさ」

と解説した。

「魔法銀《ミスラル》の校章なんて、随分と贅沢《ぜいたく》だね。貴重な素材なのに」

ミラがそう言うと、バーグが笑って言う。

「流石に総魔法銀《ミスラル》作りというわけではないがね。あくまで鍍金《めっき》さ。だから大した量の素材は必要じゃない。毎年二十人分作ればいいんだから」

「なるほど。そういえばさっき、卒業までクラスを維持できれば、みたいなこと言ってたけど、どういう意味？」

「あぁ、それは簡単だよ。成績が落ちるとクラスも落ちてしまうのさ。まぁ僕も学校の関係者じゃないから、どういう基準で決めるのかは知らないんだけどね」

「それは……かなり厳しい話だね」

「僕もそう思うが、そうでもしないと中々、競争しようとならないからじゃないか？　幹部兵学校は入った時点で将来がある程度保証されてしまうからね。幹部兵学校というだけあって、通常募集される一般兵とは違う。軍や騎士団に入った時点で、最初からそれなりの地位に就ける」

兵学校兵学校と言っているが、実際には一般兵を育てるわけではなく、その一般兵を指揮するような立場の兵士や騎士を育てるための学校なのだ。

もちろん、数百、数千の兵士を指揮するのは貴族の仕事になるから、一部隊規模の話だが、それでも平民からそこまでになれるという時点でかなり夢がある。

だからこそ沢山の平民が幹部兵学校の門を叩くのだ。

結果的になれる者はごく少数だが、質が保証されていることは今までの兵学校の卒業生達を見れば明らかだった。

「苛烈な競争を学校内でさせることで、精強な兵士を育てる、か……」

ミラがそう呟いたので、バーグは頷いた。

「そういうことだ。だから受かったら皆、頑張らないといけないよ。入ればいいってものじゃないんだから」

その言葉に、ミラ達三人は深く頷いた。

それからは世間話をしながら食事をし、そして明日は朝早いからと早めに眠りについた。


「……ミラ。ミラ？　起きなさい」

遠くから声が聞こえた。

もう少し眠っていたいのに……。

そう思ったが、その願いは叶《かな》えられないようだ。

突然、ガツリ！　と頭を蹴られる感触がした。

激痛が走り、起き上がる。

それと同時に誰が自分の頭を蹴ったのかを確認すべく、飛び上がって距離を取り、目を見開いた。

するとそこにいたのは……。

「母上。いきなりご挨拶じゃないですか」

漆黒のドレスに、同じく真っ黒に塗られている扇を持った妖艶な女性がそこに立っていた。

彼女こそ、ミラ・スケイルの実母であるユウリ・スケイルその人だった。

そこで、ミラはふと首を傾げる。

何かがおかしいような気がしたからだ。

しかし、何がおかしいのか認識することは出来なかった。

よく考えてみようかと思ったが、状況がそれを許さない。

「ミラ。貴女、最近弛《たる》んでいるんじゃなくて？　《組織》の《指》として仕事をし始めたはいいけど……まだまだ実力が足りていないわ。スケイル家の名を汚すことは許さないわよ」

ユウリがそう言って、軽く扇で煽《あお》ぐ。

すると強力な風がミラに襲いかかった。

あれはただの風ではなく、真空波である。

暗殺を生業とする者にとって最も親しい属性である風、その中でも基本的な魔術であるけれども、極めきれば何よりも強力な攻撃となるもの。

不可視である鋭い刃《やいば》でもって、証拠も残さずに、静かに敵を殲滅《せんめつ》可能なものだ。

ミラは慌てて反撃すべく、腰に差した短剣を抜き、魔力を込めて振るう。

するとユウリの放った真空波は、まるで霧のようにパッと消えた。

それを見たユウリは意外そうに目を見開き、それから艶然と笑う。

「ミラ、腕を上げたのね？　私がそれなりに力を込めて放った真空波をこうも容易《たやす》く打ち消すなんて。

最近の腑抜け具合が嘘のようだわ……いえ、演じていたのかしら？　そうなら素晴らしいわね。家族である私達すらも騙《だま》すとは。でも今のは魔剣術よね……まだ教えていない技法なのだけど……？」

少し首を傾げるユウリに、ミラは、あれ、と思う。

確かにまだ魔剣術は学んでいなかったなと。

あれを学んだのは、ある程度暗殺者として《組織》から認められてからのことだ。

母上にこんな風に抜き打ちで稽古をつけられているような年齢では、まだまだそのようなものは使えなかった。

それよりももっと後の……後の？

なぜ、今よりも後のことを知っているのだろうか。

そもそも、こんな風に母上に稽古をつけられたことは一度や二度ではないが、このときのことはしっかり覚えている。

真空波は避《よ》けきれず、腕に大きな切り傷を作ったのだ。

母上はそれを見て鼻で笑い、修行が足りないと言ってそのままミラを放置し、去っていったのだ。

それをミラは必死で止血をし、そしてそのまま《仕事》に向かった。

片腕が使えなかったため《仕事》にはかなり苦労したが、母上に与えられた傷や、プレッシャーを思えばこの程度の《仕事》など気楽なものだと思え、乗り切ることが出来た。

まさかそのために母上が稽古をつけにきたとは思えないが……。

あの人に、あの人達に、ミラに対する愛情などあるはずがないのだ。

あったのは、ただただ《組織》に対する貢献、そのためにミラをいかに《仕事》をうまく出来る道具に育てきれるか。

それだけだった。

だから、そう、だからミラは……。


そう思うと、周囲がふと明るくなっていく。

景色が消えて、白い光が覗き……。


「……はぁっ……はぁっ……！」


がばり、と起きると、そこは見覚えのある寝室だった。

王都の、バーグが用意してくれた部屋だ。

隣を見ればそこにはジュードとアルカがまだ眠っている。

木製の仕切りで閉じられた窓の向こうからはまだ光が漏れ出しておらず、体はかなりの早朝であることを教えていた。

体内時計のみで正確な時間を計る技術も、この体になってもまだ生きている。

それもこれも、母上を始めとする家族に叩き込まれたもの。

家族は好きではなかったが、教え込まれたものは確かに技術や知識として今のミラの中に残っていることを深く自覚する。

だからだろうか、あんな夢を見たのは。

そうだ、夢だ。

現実であろうはずがない。

母上は、今のミラを知らない。

稽古をつけるために起こしに来るなんてことはあり得ないのだから。

ただ、今もまだ彼女が生きている可能性は十分にある。

魔術を操る者の寿命は、そうでない者よりもかなり長い。

それは肉体年齢すらもだ。

だから生きているとすれば今でも暗殺者として現役でやっているだろう。

他の家族も同様に。

もしも願いが叶うのであれば、家族には今世では絶対に会いたくないと思う。

だけど仕事が仕事だ。

彼女達がどこかで要人暗殺の依頼を受けて、その対象を兵士であるミラ達が護衛するなんていう状況は当然、考えられる。

絶対に嫌でも、対策くらいは考えておくべきか……。

今の脆弱《ぜいじゃく》な体では確実に勝てるとはとてもではないが、言えない。

前世は確かに《万象》のミラと呼ばれた最高峰の暗殺者ではあったけれども、家族もまた、恐るべき腕利き達であったのだから。

しかも、守るべきものがある今のミラは、必然的に不利な立場に置かれる。

「……違う生き方というのも、そう簡単ではなさそうだなぁ」

一人、そう呟きたくなるくらいには。

ともあれ、頑張っていくしかない。

少なくともいっぱしの腕になるため、兵学校に入り、自分を鍛えていこう。

もし家族とかち合うとしてもそれは、卒業後になるだろうから。

そう思ったミラであった。


「ええと、どっちに行ったらいいのかな？」

アルカが兵学校正門でそう言った。

今日、三人は入学試験の二日目、つまりは実技試験を受けに来たわけだが、少しばかり迷っていた。

ただし、それは道に迷っているわけではない。

「順番は関係ないみたいだし、受験票持って好きなところ行けばいいだろ。アルカは武術の方が得意なんだからそっちを先に受けて安心したらいいんじゃねぇか？」

ジュードがそう言った。

実技試験は身体検査と武術・魔術について行われるのだが、人数がいる関係か、出来るだけスムーズに進めるために全て同時進行で行われるようであった。

具体的には、それぞれのブースに行って、受験票を試験官に渡し、そして試験を受けるという流れになるようだ。

それぞれのブースは一つではなく、複数あって、どの試験官を選ぶかというのでも悩ましかった。

たとえば武術の試験官で言うと、筋骨隆々の傭兵のような男性がいたり、反対にほっそりしたレイピアを持つ貴婦人のような女性もいる。

並んでいる列を見ると、強そうな試験官はあまり人気がないようだった。

とはいえ、それでは問題なため、列が長いところに並んでいる受験生は係の人間が整理して無理矢理他のブースに並び直させられているが。

ある程度は好きに選んでも良いが、完全に自由というわけではないようだった。

効率を考えれば当然か、とミラは思う。

「武術かぁ。別に魔術も苦手なわけじゃないけど、ジュードの方がうまいしね……じゃあジュードは先に魔術？」

「そのつもりだぜ。魔力量測って、魔術を発動させればそれで終わりみたいだし簡単だからな。ミラはどうするんだ？　俺達と違ってどっちも得意だろ？」

「じゃあ私はとりあえず身体検査からかな。人少なめだし」

「そうか。じゃあ全員違う方向ってことで……絶対に受かろうな！」

「うん！」

「そうだね」

そして三人は別れる。

「ええと、次の人」

身体検査ブースに並びミラの順番が来ると、係員からそう言われる。

「はい」

ミラはそう言って受験票を手渡すと、係員は頷いて、

「ミラ・スチュアートだね。ではこれからいくつかの道具を使って君の身体能力を測るよ。使い方が分からない場合は言ってくれ」

そう言われて、いくつかの道具を使う。

それから、身長・体重などの基本的データから、握力や跳躍力、どのくらいの重量を持ち上げられるかなどの腕力、それに柔軟性など身体に関する様々な項目を測っていった。

全てを終えると、

「……はい。大丈夫だよ。君、体格の割に随分と力があるね？　いい数字だよ」

係員からそんなことを言われる。

「合格ですか？」

「ははは。それは言えないんだ。というか、身体検査は別にこれだけで合否ってものでもないからね。じゃあ、次……？」

その時、魔術のブースから歓声のようなものが聞こえてきて視線がそちらに向く。

「なんだろ？」

ミラが首を傾げると、係の人間が言う。

「多分、誰かが結構な魔術を使ったんだと思うよ。たまにそういう子が出てくるから。魔術の実技は小さな術でも使えればそれで十分なものなんだけどね……」

そう言われて、ミラは少し嫌な予感がした。

ただ、もう何か考えても後の祭りであることも理解した。

別に事故などを起こしてなければそれでいいだろうとも。

「そうですか、じゃあ、私は次のブースに行きますね」

「あぁ、頑張ってくれ」

そしてミラは、武術のブースの方へと向かう。

魔術の方に行こうと思っていたのだが、今行くのはなんだか少し恐ろしかったからだ。


武術ブースに行くと、こちらでも歓声が上がっていたので気になってミラはそちらの方を見る。

するとそこには……。

「ほう、いい腕だな！　これほどの受験生は久々に見るぜ！」

筋骨隆々の試験官が相手に向かってそう言った。

「そうですか？　私、村では二番目でしたけど……っ‼」

相手……つまりアルカは、そう言って木剣を横薙《よこな》ぎにする。

試験官はそれを木剣の腹で受けて弾き返した。

ミラから見てもかなりの実力者で、今のアルカでは普通にやっても勝つことは出来なそうな相手だ。兵学校の教官なのだろうが、これだけの実力者がいるということはいい学校なのだろうと思う。

周囲はそんな二人の戦いを驚きと共に見つめているようだった。

「なんなんだよ、あの女の子。剣筋が見えねぇ」「いやいや、あり得ないだろ！　あの試験官、さっきから三合もしたらそこで終わりにしちまってたんだぜ。それなのにあの女子には……」「三合で終わってたのは全員それで倒れてたからでしょ。あの子の場合、まだまだやれてるし別だろうけど……合格確実かな」

そんな話がそこここでなされている。

アルカの剣術の実力は、どうも受験生の中でも抜きん出ているようだった。

悪いことではないが、目立ちすぎるのもなぁ、とミラは思う。

けれど、アルカにしろジュードにしろ、鍛え上げたのはミラ自身だ。

今回の試験に当たっても、実力をセーブしろとかそういうことは一切言っておらず、これで目立ってしまっても仕方がないと言える。

なぜ手加減を求めなかったかと言えば、二人はミラとは違って子供で、そういったことについてさじ加減が分かっているとは言いがたかったからだ。

実力を出し切れば確実に受かるとは言えても、中間より少し上くらいのうまいところを狙って頑張れと言われても混乱するだろう。

だからこれでいいのだと、ミラはため息をついた。

「……さて、お前の実力はそんなもんか？　いや、違うだろう。まだ狙ってることがあるはずだ……見せてみろ。全力を！」

試験官がアルカに向かってにやりと笑いかける。

実際、アルカが圧倒されているようだが、その瞳には諦めの色はなかった。

それどころか、何か隙を見つけようとしていることは、見る者が見れば気づく。

この試験官の実力からすれば、分かって当然だ。

「バレてましたか……本当は危ないからやめておけって言われたけど、大丈夫そうだし……」

「む？」

アルカが少し後ろに下がって、構える。

それを見てミラは、あちゃあ、と思った。

対人戦で可能な限り使うなと教えていた技を、彼女は今使おうとしている。

とはいえ、アルカは負けず嫌いだ。

どんな技にしろ、どうしても勝ちたいという時には使ってしまうとは元々思っていた。

だから、彼女に教え込んだ技からは、前世のミラの色は消してある。

見られたところでそれほど問題はない。

そして、アルカが足に力を入れる。

魔力ではなく《真気》と言われる力だ。

武術の実技試験は、別に魔力を使うことを禁じてはいないものの、十三歳で十分に使いこなすことは難しいため、使っている者はほとんどいない。

その点、アルカは使えるのだが、彼女はどちらかと言えば《真気》の方を好む。

魔力による身体強化よりも感覚的な力であり、それがアルカには向いているからだ。

そんな彼女を見て、試験官は目を見開く。

「そいつは……まさか！」

その瞬間、アルカの姿がぶれる。

そしていつの間にか、試験官の背後に位置を移していた。

木剣はすでに振り下ろされており、アルカは肩で息をしている。

試験官の方は、少し冷や汗をかいた様子で、木剣の腹を正面に向けるような形で握っている。

その木剣は数秒後、中心からすっと、真っ二つになる。

「……《真気》か。十三で武器に通すまで使える奴《やつ》がいるたぁな……よし、いいだろう。ここまでだ」

試験官がそう言った。

この言葉は、周囲の人間には聞こえないほどの大きさで、アルカくらいにしか聞こえなかった。

アルカは木剣をだらりと下ろして、ふう、と息を吐いた。

あの技は今のアルカでもかなりの集中力を使うもので、二撃目は出せない。

休憩が必要なのだ。

「おい、大丈夫か？」

試験官がアルカに駆け寄って尋ねると、アルカは、

「大丈夫です。それより、魔術と身体検査は少し休んでから受けてもいいですか？」

「あぁ、それなら全く構わないぞ。というか、そういう想定の試験だからな」

「分かりました。お手合わせ、ありがとうございました」

「いや、俺も楽しかったぜ。学校で会えるのが楽しみだ」

「受かるとは限らないですけど……」

「いや、筆記が酷《ひど》くない限りは……酷いのか？」

「それは分かんないですけど」

「……まぁ、それはそれだ。じゃ、他の実技も頑張れ」

そして、アルカは列から離れた。

ちなみに試験官の男はアルカの相手をしたところで、別の試験官と交替した。

どうもここまでかなりの人数を相手して、しかも最後にアルカが相手だったため精神的に疲れたということらしい。

交替した試験官と、アルカと戦った試験官のそんな会話を、ミラの耳は捉えていた。

交替した試験官は変わった人物で、全身鎧を纏《まと》っている。

他の武術の試験官は皆、せいぜい革鎧くらいなので異様だったが、身のこなしから実力は先ほどの男よりも高いことがミラには分かった。

あれなら、それなりの戦いでも十分に実力を評価してくれるだろう、と思ったミラは、その列に並ぶことにする。

ただ、完全装備の試験官におそれをなしたのか、元々並んでいた受験生が別の列に分散していったので、随分早くミラの順番が来る。

「次は……君か。ええと、ミラ・スチュアート？」

試験官の声は、意外なことに若い女性のものだった。

どこかで聞き覚えがあるような気がするが、気のせいだろう。

兵学校の教官に知り合いなどいない。

「はい。どうぞよろしくお願いします」

ミラがそう言って頭を下げると、試験官は頷いて、

「うむ、よろしく頼む。試験の概要は分かっているな？　一応説明するが、そこに並んでいる木製の武器のいずれかを選び、私を相手に戦うだけだ。別に私に勝つ必要はない。あくまでもその動きや力を見て、実力を評価する。魔術などは使えるのであれば使っても構わない。要は何でもありの模擬戦というわけだ。大丈夫かな？」

かなり親切な説明であり、また物腰も穏やかで、人は見かけによらないものだなとミラは思う。

前世暗殺者で今、十三歳の子供であるミラが言えたことではないけれど。

ミラは試験官の言葉に頷いて、

「大丈夫です。武器は……短剣にします」

そう言って短剣を手に取る。

「ほう、珍しいな。大体はもう少し間合いのとれる武器を選ぶのだが……しかも、二本？　いや、二刀流を禁止しているわけではないが……いいのか？」

試験官がそう言うのは、やめておいた方がいいという遠回しの忠告だった。

というのは、二刀流が非常に難しいものだからだ。

素人であれば、二本武器を持てば強いと安易に考えがちだが、実際には一本でも適切に扱うことが難しいものを、二本持っているのだ。

腕にかかる負担は倍になるし、技量も倍必要になる。

つまり、上級者向けの技法だ。

それを十三歳でしかない子供が、しかも短剣でやろうというのだから無謀に映って当然の話だった。

けれどミラは言う。

「一番慣れている戦い方なので」

実際、前世において最も多用した戦い方であった。

これに魔剣術を組み合わせることにより、その自由度は更に上がるのだが、流石にこの試験でそんなものを披露するわけにはいかない。

普通に、魔術も《真気》も使わない戦い方をすることになる。

「それなら構わないが……では、そちらの印のところに立て。試合開始の合図は特にないが、私は君が動き出したらそれが試合開始だと判断するから、好きなタイミングでかかってくるといい」

「分かりました」

ミラは一瞬、印のところに着くと同時に試験官に襲いかかろうかな、と思ったがそのような奇抜な方法をやってしまうとやはり変に目立つだろうと思ってやめた。

正攻法で、そこそこの実力を示す、これが一番正しいだろう。

少し深呼吸をし、短剣を構える。

試験官がこちらを見て構えたのを確認し、

「では、行きます！」

とわざわざ宣言してから地面を踏み切った。

仕事の時ならまずしないようなやり方である。

純粋な筋力のみで間合いを詰めているため、さほどの速度は出ていない。

それでも、この年齢にしては結構なものであるため、

「おいおい、あの子もあんな速いのか⁉」「立て続けに強い女の子が二人も……」「俺自信なくなってきたわ」

そんなギャラリーの声が響く。

ただ、そんなものに惑わされたりすることは、ミラにはあり得なかった。

試験官の直前まで距離を詰めたミラは、そのまま短剣を切り上げる。

「いい加速だ……それに狙い所も悪くない」

試験官がしっかりとミラの攻撃を視認し、木剣で弾く。

ミラは弾かれた勢いをそのまま利用し、一回転して試験官の頭を狙った。

「攻撃的な剣だな……恐れがないように見える……」

しかし、それすらも試験官は体を軽く引くことで避けた。

普通なら、ここで一旦距離を取るべきだろう。

懐に入りすぎな上に、完全に攻撃を見切られているから。

けれどミラにとってこの状態はまだ、引き際ではない。

殺し殺される、そういうリスクを感じられる線の上にこそ、ミラにとっての戦いの楽しみがあるからだ。

ミラはさらに距離を詰めて、二つの短剣を差し込む。

狙う場所は、試験官の鉄仮面の下だ。

鉄仮面は防御力という面で見るとかなりいい。

遠くから頭を狙われても、致命傷を避けられる。

反面、デメリットとして視界が悪くなることがある。

これを高位の戦士は魔力による周辺視をうまく使うことによって補っている。

この試験官もまた、通常であればそのような方法で視界を確保しているはずだ。

けれど、この試験においてはそのような必要があるとは考えていないようで、魔力は使用されていないようだった。

そこにつけ込む隙をミラは見つけたのだ。

事実、試験官はミラの差し込む短剣のうち、見えやすい方には反応できているが、死角に配置した左手の方には反応できていなかった。

そして右手の短剣が弾かれる……が、左手の短剣が、試験官の鉄仮面の下に軽く差し込まれた。

だがそこで驚くべきことが起きる。

試験官が恐るべき反応速度でもう片方の短剣も弾いたのだ。

しかし、それでも余裕はそれほどなかったのかもしれない。

短剣と一緒に、試験官の被っていた鉄仮面が外れたのだ。

あまり作りがしっかりしているものではなかったのか。

試験官は少し後退し、そして笑った。

対するミラは、二度目の人生を貰って以来、最大の驚愕《きょうがく》を覚えていた。

試験官のあらわになった顔、それに強烈な見覚えがあったからだ。

あれは……。

「……え、あれってもしかして」「いや絶対そうだろ。俺パレードで見たぞ」「だよな？　サイレン王国の騎士姫《きしひめ》の……」

そんな声が聞こえてくる。

そうだ、あの娘こそが、前世のミラの最後の相手。

ミラの命を奪った……。

「……おや、バレてしまったな。失敗した。いや、ブライズ先生があえて整備の利いてない鉄仮面を寄越《よこ》したか……」

そう呟いている人物は、太陽にキラキラと輝く黄金の髪と、まるで深い海のように青い瞳を持っていた。

肌はきめ細やかで美しく、顔立ちも天使のようである。

およそ戦う者には見えないが、彼女がとてつもない実力者であることを、ミラはよく知っていた。

「……貴女は……！」

思わず呟いたミラにアンジェラは視線を向け、笑う。

「おや、君も知っていたか。そこまでこの顔が広まっているとは思ってもみなかったが……。すまないな、ここで試験は終わりだ。あぁ、君の実力は十分に確認できたから心配しなくてもいい。まさか死角からこの首を狙ってくるとは思わなかったよ。魔術は必要がないと思って嘗《な》めていたようだ。実戦だったら私は死んでいたかもしれない」

「いえ、しっかり弾かれましたし、実戦で魔術を使わないなんてことはあり得ないでしょう」

「それはそうなんだが、常在戦場の精神を忘れていた自分が情けなくてね。気が引き締まったよ。君には学校でまた、会いたいところだ」

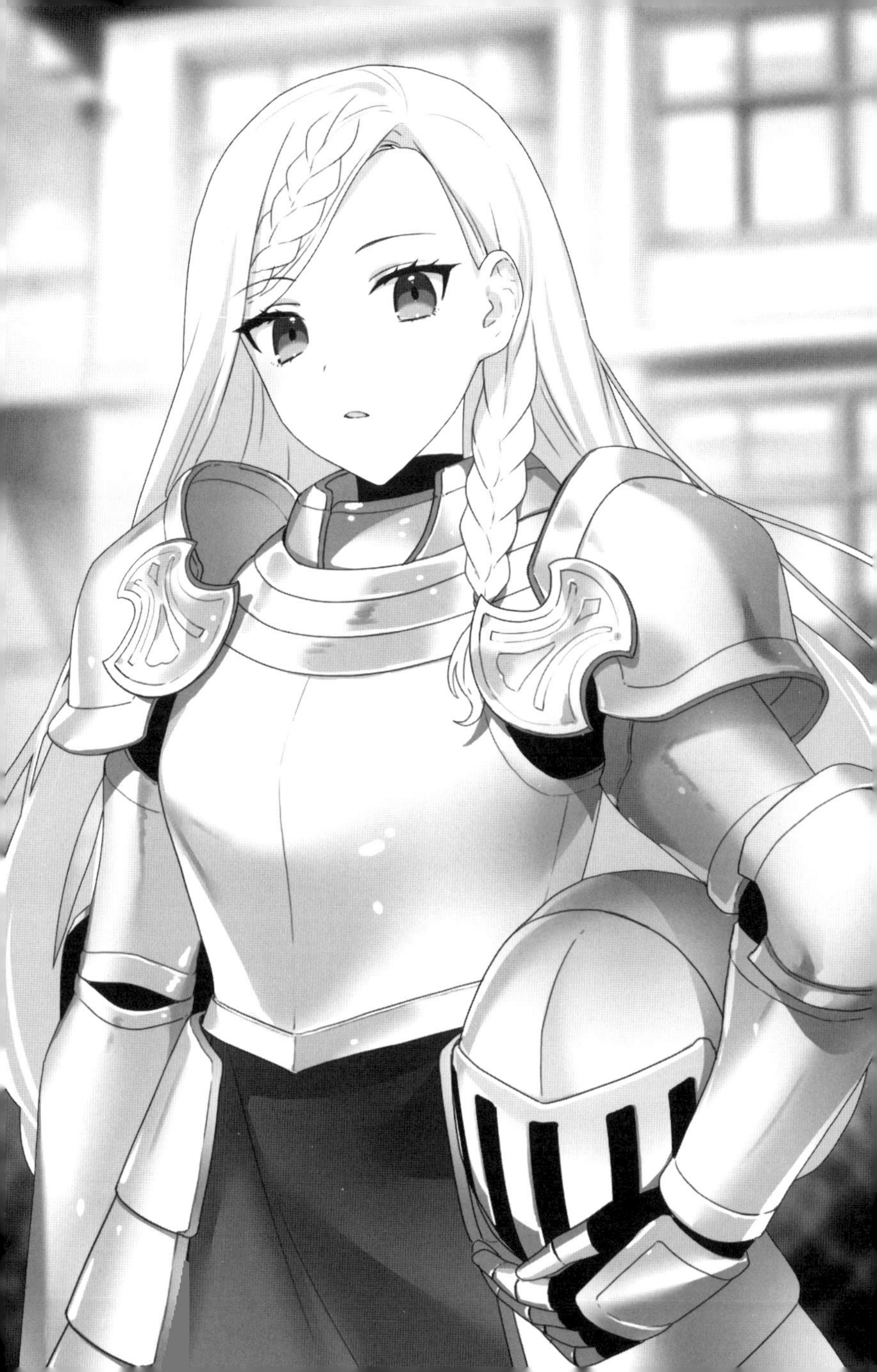

「私も、出来ましたら」

「うん。それにしても、君の剣は面白かったな」

「ええと？」

「いや、古い知り合いの剣に似ているような気がしてな……気のせいだと思うが。まぁ、それではな。これ以上はどうも試験の邪魔になりそうだ」

「はい」

周囲を見渡して、アンジェラは去って行く。

確かにアンジェラの存在に辺りは相当な騒ぎになっていて、彼女を見に来ようとする者が詰めかけていた。

他の試験官や係員が試験を続けるように言っているが、アンジェラの姿が見えなくなるまで中々収まりがつかなかった。

それだけ、サイレン王国ではアンジェラ・カースの存在が重いということだろう。

王国最強騎士であり、美貌の騎士姫でもある。

ミラが殺されたときは確か十六くらいだったはずだが、そこから十三年以上も英雄として君臨し続けているわけで、当然と言えた。

見るに実力にも衰えはなさそうで、今のミラが彼女に勝つことは不可能だろう。

そもそも、彼女をこうして目の前にしたところで、復讐《ふくしゅう》心とかは一切湧いてこないため、寝首をかいてやろうとかそういうつもりもないから構わないのだが。

とはいえ、どうもあの口調だと、兵学校の教員として働いているようだった。

学校でまた会いたい、ということはつまりそういうことだろう。

サイレン王国も随分、兵学校に力を入れているものだ、とミラは思った。

また、アンジェラに何かを教えてもらえるならこれは悪くないなとも。

前世において、ミラはアンジェラと同格……というか、僅かに勝ってはいたものの、その身につけた技術は全く異なるものだった。

お互いに魔剣術を使ってはいても、ミラのものは暗殺術などに由来するものであり、対してアンジェラは正式な騎士として身につけたものだ。

つまり、学ぶべきところが相当あり、これから教えてもらえるならもっと強くなれると思うのだった。

「これは、絶対受かりたいなぁ……」

ミラは一人、そう呟き、次の実技試験に向かった。

▼

ちなみに、ミラの魔術の実技は武術のそれとは異なり、至極平凡な結果で終わった。

というのもそもそも試験自体が魔力量を測定し、かつ何か得意な魔術があればそれを発動させるだけのものだからだ。

基本的に魔術は学校に入ってから本格的に学ぶもので、最初から使えることは期待されていないのだ。

にもかかわらず魔術理論の筆記試験があるのは、最低限の常識くらいは覚えておいてもらわないと授業について来られないという意図なのだった。

五割に至らない者がほとんど、というのはそういうことだ。

魔術の実技において、ミラの魔力量は平均程度と測定され、得意な魔術として小さな水球《ウォーターボール》を作っただけだった。

それでも十分だと言われて、これは間違いなく受かったな、と思ったミラだった。

武術で暴れ回ったアルカも魔術においては同じようなものだった。

しかしジュードについては違っていたらしい。

ミラが身体検査を受けていたときに、どことなくざわついていたが、やはりあれの原因はジュードだったようだ。

試験が終わった後、話を聞けば、つまるところ武術の試験でアルカがやったようなことを、魔術でジュードはやってしまったらしい。

担当した試験官にはぜひ、魔術師として大成して欲しいと言われたらしく、かなり目をつけられてしまったようだ。

ミラとしてはやはり望ましくはないと思ったが、こうなってしまったからにはもう仕方がない。

入学後は自身だけはさして目立たないようにしようと誓ったミラなのだった。

第４章　学友たちとの出会い

『サイレン王国幹部兵学校の歴史は百年前に遡る……』

そんな言葉から始まった、学校長であるというブライズ・アルベスのスピーチはそこそこ長かった。

ただ、大抵の新入生はそれを真剣に聞いていて、みんな偉いな、と思ったミラであった。

そう、ミラは兵学校の試験に受かったのだ。

少し離れた位置にはジュードとアルカの姿もあり、三人全員、問題なく受かったということになる。

ちなみに、席順はどうやら成績の順番らしい。

三人とも、バーグが説明してくれた通り、魔法銀《ミスラル》クラスに入ることが決まったが、その中でもアルカとジュードは首席と次席を占めているようだった。

ミラは中程の席で、どうやら筆記の割合はそこまで高く占めないのだなとそれで分かる。

加えて、筆記は二科目は満点を取ってしまったが、その他の科目は抑えていたし、実技は魔術でかなり低めのところを狙って頑張ったのでこの結果になったのだと思われた。

流石《さすが》に同じ村から三人揃《そろ》って首席次席三席という風になってしまってはどんな目で見られるか怖い。

これからも適度に成績を調整して、目立たない学生生活を送るべく努力しようと思うミラなのであった。

そんなことを考えていると、

『……それでは、最後になったが、この言葉を贈る。新入生諸君、入学おめでとう！』

ブライズ学校長がそう言って、壇上から降りていった。

その後も、何人かの人間がスピーチをしたが、いずれも短めで終わってありがたく感じるミラだった。


そして入学式が終わり、解散となる。

今日はこれで終わりなのだ。

なぜかと言えば、生徒はこのまま、寮に入ることになるからだ。

今日のうちに部屋を整えて、明日から万全の準備で取り組むように、というわけだ。

ちなみに、荷物類についてはそもそも三人とも大したものを持っていない。

村からバーグの馬車で運んできたものが全てだ。

すでに寮に届けてあり、これから入る部屋に運ばれているという話だった。

「あ、ミラちゃん。もう寮に向かう？」

先ほどまで魔法銀《ミスラル》クラスの他の生徒に捕まっていたアルカがそう言って近寄ってきたので、ミラは言う。

「うん、そのつもり。アルカはもういいの？　クラスメイトに捕まってたけど」

「あぁ、大丈夫だよ。なんか、試験の時に私が戦ってたの見てたみたいで、どうやってそんなに強くなれたのって聞かれたから答えてただけ」

「え？　ちなみになんて答えたの？」

少し怖くなって尋ねたミラに、アルカはあっけらかんと言う。

「ミラちゃんに教わったって」

やはり、そう答えたか。

「アルカ……そっか。それならさっさと寮に向かった方がいいね」

ふと周囲を観察すると、ミラの方に視線を向けている女の子グループがあるのに気づく。

特に殺気などなかったから気にしてはいなかったが、このままここにいると面倒くさそうだ。

ミラはアルカの手を引っ張り、そそくさと会場を後にした。

ジュードのことも少し気になったが、視界の端で捉えた限り、同じクラスの男子生徒と楽しげに話していたので問題なさそうに見えた。

ジュードもアルカも、友人関係を築くのが実に早いのは、そういった術《すべ》をミラが教えた結果であるが、ミラはその手腕を発揮するつもりはなかった。

「ここが女子寮なんだ。結構綺麗《きれい》なところだね？」

寮に辿《たど》り着《つ》くと、アルカが建物を見上げてそう言った。

事実、女子寮はかなり瀟洒《しょうしゃ》な建物だった。

男子寮も少し離れた位置に見えるが、そちらが大分無骨な外装をしているために意外だった。

「大きさは男子寮と変わらないみたいだけど……お金はこっちの方がかかってそうだね」

ミラがそう言うと、アルカも頷《うなず》く。

「うん。なんだか男の子達に悪いような気がするなぁ」

「中身が同じならいいんじゃない？　私はむしろあっちの方が落ち着きそうだけど」

「そうなの？」

「男の子達も、こっちの建物よりあっちの方が好きそうだし、見た目で分かりやすいから構わないと思うよ」

「そっか……じゃあ、早速中に入ってみよう」

中に入るとまずはエントランスホールがあった。

脇には小さな事務員室のような場所があり、そこから二人に声がかかる。

「見ない顔だね。新入生かい？」

見ればそこにはメイド姿の女性がいた。

年齢は三十代前半くらいだろうか。

「貴女《あなた》は？」

ミラがそう尋ねると、彼女は言った。

「私はレミー。この寮の寮母を任されている者だよ。新入生なら、まず鍵の受け取りが必要だけど、どうだい？」

「鍵ってどこのですか？」

アルカが尋ねる。

「自分の部屋に決まってるじゃないかい」

「あぁ、そっか。そうですよね」

間抜けな返事になってしまっているのは、アルカが村文化に毒されているからだ。

村では家や部屋に鍵なんて滅多にしない。

それこそ、魔物が村の近くまでやってきて、どうしても鍵をかけざるを得ないときにかけるだけだ。

しかし、王都ほどの都会ともなると、どこの家も、そして個人の部屋だってしっかり鍵をかける必要があるだろう。

「で、名前は？」

レミーの言葉に二人は名乗る。

「ミラです」

「アルカです」

「ミラとアルカね……はい、これがそれぞれの部屋の鍵だ。あぁ、分かってると思うけど、寮の部屋は基本的に二人部屋だ。狭くはないと思うけど、同室の子とは仲良くするんだね」

レミーのアドバイスに頷き、二人は寮の中を進む。

女子寮は三階建てになっているが、別に学年毎《ごと》に階が分かれているみたいなことはないようだった。

事実、ミラの部屋は三階のようだが、アルカの部屋は二階だった。

「じゃあミラちゃん、また後でね」

そう言ってアルカが自分の部屋に向かっていく。

部屋の場所はレミーにすでに聞いているから迷いのない足取りだった。

ミラもまた階段を上がっていく。

そして扉の前に辿り着いたが、

「……先客がいるみたい。どれ」

気配があることに気づき、扉をコンコンと叩《たた》く。

するとミラが鍵穴に鍵を入れるまでもなく、かちゃりと鍵が開き、中から一人の少女が顔を出した。

「……誰？」

水色のハーフアップの髪の少女が、眠そうな目つきでミラを見つめる。

ミラは彼女に名乗る。

「私はミラ・スチュアート。今日からこの部屋で厄介になることになったんだけど、聞いてる？」

すると少女は、あぁ、と頷いて、

「聞いてる。私はスヴィ。スヴィ・レンクヴィスト。私も新入生で、さっき来たばっかり」

そう言った。

先に入っているから年上の可能性もあると思っていたが、そうでもないらしい。

「そう。じゃあ……スヴィ、中に入ってもいい？」

「もちろん。どうぞ」

招かれるまま中に入ると、大きなバッグが一つ、部屋の中に置かれている。

家具の類は、二段ベッドが一つと、机が二つあるくらいだ。

狭くはないという話だが、決して広くもない。

なるほど、これくらいの距離感で生活するのであれば、ルームメイトとは仲良く過ごさなければ相当居心地が悪いだろうとミラは納得した。

「ベッドはどっちがいい？　上下」

スヴィが聞いてきたので、ミラは答える。

「私はどちらでも」

「じゃあ私が選んでいい？」

「うん」

そんな感じでなんとなく決めなければならないことを次々と決めていった。

スヴィは表情の変化に乏しく、テンションも一定のようだが、ミラにとってはかなり話しやすい相手だった。

非常に論理的というか……。

この感じなら、仲良く出来そうだとも。

ただ、少し不思議なところもあるようで……。

「そういえばミラ、ここに入ってくる前にノックしてきたけど、なんで？」

スヴィが唐突にそんなことを尋ねてきたのでミラは首を傾《かし》げる。

「なんでって……中に人がいるなと思ったから」

「……そうなんだ。よく気づいたね？」

「え？　うーん、私、人の気配に鋭い方だから」

「そうなんだ」

答えながら、ミラは、あぁ、と思っていた。

そういえば思い返すに、スヴィの気配はかなり希薄だった。

今でこそ普通だが、他の人間がこの部屋の前に立ったときに、中に人がいるなと感じ取ることは不可能だったかもしれない。

それくらいの希薄さだ。

ただ、ミラの経験的に、生まれつきそのような気配を持つ人間というのはいなくはないから、気にはならなかった。

それから、スヴィは、

「私、ちょっと疲れたから寝る。ミラは私のこと気にしないでいいよ」

　と言ってすやすやと眠り出す。

　かなりマイペースな子だな、と思ったがそれが不快ではない。

　いいルームメイトを引いたな、と思ったミラだった。


　ミラがそんな風にしていた最中、アルカもまた、ルームメイトと対峙《たいじ》していた。

　アルカのルームメイトはレヴィとは違う意味で個性的だった。

　まず、結構な寮の荷物を運び込んでいて、部屋の中は既に彼女の持ち物がかなり配置されていた。

「あら、貴女は……」

　鍵を開けて部屋に入ってまず目に入ったのはそんな室内の様子だったが、次に視線が向かったのはもちろん、ルームメイトだった。

　向こうもアルカに気づき、そう口にする。

　アルカはそれに対して、

「私はアルカだよ。今日から貴女のルームメイト」

　そう言って手を差し出すと、

「そうでしたか。私はエミリア・ローゼンと申します。どうぞよろしくお願いします」

そう微笑《ほほえ》み、握手をした。

どうやら悪い子ではないらしい、とアルカは理解する。

「うん。ところで……あの、私の荷物とか置ける場所に置いてもいいかな？　場所は取らないから……」

「あぁ、すみません！　私のものばかりで散らかってしまって。とりあえず出してから置き場所を考えようと思っていただけで、部屋を占領するつもりではなかったのです。部屋は共用ですから、領有できる領地も半々にするのが正しいというもの」

慌ててそう言ったエミリアに、アルカは笑顔で言う。

「そこまで四角四面に考えなくてもいいよ？　私はあんまり荷物ないから、空いた部分は好きに使ってもらっていいし」

これはアルカの正直な気持ちだった。

ミラからも、兵学校で生活するのであれば、自分の持ち物は可能な限り少なくすべきと指導されていて、それに従っていた。

いわく、いつでもどこにでも旅立てるように、との話で納得できたからだ。

それにアルカはいつか、世界中を旅して回ってみたい、という夢があり、そのためにも役に立ちそうな習慣だとも思っている。

ただ、そんなアルカに対してエミリアは逡巡《しゅんじゅん》を見せる。

「しかしそれでは……」

けれどアルカは言った。

「いいんだよ。本当に気にしないから。仲良くしようね」

「お心遣い、感謝します……」


次の日から、学校が始まった。

とは言っても、まずはクラスメイトとの自己紹介からだった。

ミラは無難に目立たずこなしたが、そもそも所属することになった魔法銀《ミスラル》クラスというのが恐ろしいほどに個性に満ちた人間ばかりだった。

中でも一番は、サイレン王国の第三王子ラウル・サイレンだろう。

ただ兵学校に入学した王子だからといって浮世離れしているということはなかった。

むしろかなり常識的であり、王子でありながら、主に貴族が通う王立学院に入らなかったのは、兄二人が統治や外交に才覚を見せているため、自分は軍事面に精通しようと思い立ってのことらしく、かなり立派だった。

二番目に目立っていたのは、エミリア・ローゼンである。

彼女はアルカのルームメイトであり、そしてサイレン王国の屋台骨を支える大貴族、ローゼン公爵家の長女である。

つい半年前まで重い病気にかかっていたらしいが、運良く特効薬が手に入り、そこから半年かけて勉学と修行に励み、なんとか兵学校に合格できたという話だった。

彼女もまた、王立学院に入らなかった理由も語っていて、ローゼン公爵家というのは武門の家であり、王立学院で学ぶよりも兵学校で学んだ方が身になるからだという。

もちろん、ローゼン公爵家の持つ領地の統治なども知っておくべきだが、それは家から教育を受ければ良いことであるため問題ないらしい。

この辺りについてミラは、自己紹介の後エミリアと直接話し、詳しく聞いたのだった。

もちろん、アルカに紹介してもらった上で、である。

目立ちたくないのになぜわざわざ公爵家の令嬢などを紹介してもらったのかと言えば、これは簡単な話で、エミリアの自己紹介にあった内容に聞き覚えがあったからに他ならない。

重い病気、特効薬、半年前、とくればもうはっきりしている。

つまりは、ミラ達が助けた謎の貴人の正体こそがエミリアその人であろうということだ。

流石にこれについてはジュードとアルカも気づいたようだが、触れるべきではないと分かっているために二人とも特に名乗り出たりはしない。

アルカなどはいかにもこういったことについてポロッと言ってしまいそうな雰囲気があるが、その辺りの調整は利く方なのだ。

むしろ普段のその感じは擬態に近く、本当に言ってはいけないことは何があろうとも言わないくらいの口の堅さを持つ。

ともあれ、そんなエミリアと交流を持ったのは、おかしなタイミングで気づかれたりしないように、ということと、気づかれた場合には素早くフォローできるように、というのがあった。

それに気になることもある。

エミリアの病気は魔脈硬化症だったわけだが、その治療について妙なやり方を勧められている節があった。

それこそ、その通りに進めていたら死にかねないような方法である。

いかにもきな臭く、たとえエミリアの病気が治ったとしても、今後彼女が安全とも言い切れない気がしたのだ。

ミラの今世の目標は、人と国を守る、でありエミリアを守ることもその中に入れてもいいだろうとも思うのだった。


「それにしても闘技大会かぁ。そんなのあるんだね」

兵学校の廊下を歩きながらアルカがそう呟《つぶや》いた。

入学式の翌日も授業はなく、学校のシステムの説明が大半で、それが先ほど終わったところだ。

その中でアルカが最も気になったのが、闘技大会らしい。

これは兵学校内の生徒達全員に参加資格のある大会で、学校で身につけた武術や魔術の実力を試すための催し物だという。

一年に一度行われ、各種目の優勝者は他校……王立学院などの生徒達との対抗戦に選抜されるらしい。

とはいえ、必ず出なければいけないというものでもないようで、大体が自分こそはという実力者が出るのだという。

人数としては一クラスで何人か、という程度のようだ。

他は観客に回る。

まぁ、全校生徒で大会などしたら恐ろしいくらい時間がかかるだろうし、そのくらいがちょうどいいのだろうなとミラは思った。

「面白そうだし、アルカも出てみたら？　半年後に行われるって話だし、それまでに鍛えれば上級生にも勝てるかも」

ミラがそう言うとアルカは少し考えてから言う。

「……今戦っても優勝できないかな？」

これにミラは、

「うーん……いいところまでいけるとは思うよ。でも確実とは言えないかな」

と返した。

アルカの実力は今でも相当なものだ。

ジュードも同様である。

何せ、ミラが手ずから育て上げた弟子なのだから当然と言えた。

それでも、兵学校の上級生には中々の者もいるようだとミラは感じていた。

校舎を歩いていると生徒達とすれ違うが、その中に侮れなそうな者がちらほらといたのだ。

ミラならともかく、今のアルカであればまだ、難しい可能性が高い。

なりふり構わずにやるなら不可能ではないが、学校の催し物程度でそこまでやる必要もないだろう。

アルカはそんなミラの言葉に納得したように頷き、

「やっぱりそっか……。じゃあ鍛えるしかないかな」

そう言ったのだった。

そんな風に話しながら歩いていると、

「あ、いましたね！　アルカさん！」

という声が後ろから聞こえてくる。

足を止めて振り返ると、そこにはキラキラとした髪と瞳を持つ、貴族然とした少女が少し息を切らせて走ってきていた。

「……エミリア。どうしたの？　そんなに急いで」

アルカがそう尋ねる。

「どうしたのって、ちょっと待っててと言ったではないですか……」

彼女の名前はエミリア・ローゼン。

ローゼン公爵家の長女にして、ミラ達のクラスメイトである。

そしてアルカのルームメイトでもあるから、その会話は自然と言えた。

「でも、エミリア、クラスメイト達に囲まれてたし、時間かかりそうだったから……」

「だから、こうして頑張って抜けてきました」

「無理しなくても良かったのに。先行くよって手を振ったでしょ？」

「そんな薄情な……」

どうにも二人の会話はかみ合っていないというか、アルカが無慈悲すぎるように思えたミラは、少し助け船を出す。

「アルカ、話くらい聞いてあげたら？」

「え？　聞いてるよ？」

別に冷たく振る舞っているつもりは本人にはなく、マイペースなだけのようだ、とミラは理解する。

「ならいいけど。それで、エミリアさんはどうしたの？」

「貴女は……ミラさんでしたね。いえ、今日は早めに学校が終わるから、その後、一緒に街に行かないかとアルカさんと話していたので……それなのに私を放置してさっさと教室を出て行かれたものですから」

「なるほど。それなら待っててあげるべきだよ、アルカ」

約束があるのならそうすべきだと思ったミラの言葉にアルカは反論する。

「でも、どうせ一旦寮に戻ってから出かけるんだし、エミリアはルームメイトだからそこで待ってればいいかなって」

「あー、それなら確かに。それじゃあ駄目だったの、エミリアさん？」

ミラの言葉にエミリアは一瞬、うっ、と言葉を詰まらせるが、少し頬を赤くしつつその理由を言った。

「……です」

「え？」

「友達と一緒に、帰ってみたかったのです！」

あぁ、そういう……。

とミラは頷くものの、アルカの方はそうでもないようだ。

「そんなのこれからいつでも出来るよ？」

「私は……そういうことをしたことがなくて……楽しみにしていたのです」

それから理由を聞いてみると、エミリアは今まで学校というものに通ったことがなかったこと、加えて、幼少期から病弱で、そのために友人と外出し、帰路を共にするという経験をしたことがなかったことを話した。

ずっと魔脈硬化症にかかっていたわけでもないだろうが、元々病弱で外出が制限されていたなら、なるほど、そんなものかもしれない。

ただ、小さい頃から健康優良児で通っているアルカはその辺の機微がよく分からないのだろう。

そもそもが野山を駆けまわる田舎者なのだし、とミラは思って言う。

「アルカ。こうして追いついたんだし、エミリアさんと一緒に帰ったら？」

「え？　うん、もちろんそれでいいよ」

「じゃあ私は先に行くから」

「なんで？　ミラも一緒でいいでしょ？」

これも悪気がない言葉だ。

エミリアにとって、ルームメイトであるアルカとミラとでは、価値が違うだろうし、気まずいだろうと思って、あくまでもここでは譲ろうと考えたミラだったのだが……。

しかし、意外にもここでエミリアが言う。

「ミラさんも一緒に帰りましょう」

「……いいの？」

せっかくアルカと二人で帰れる機会なのに、と言外に伝えたつもりのミラだったが、エミリアは続けた。

「……？　構いません。同じクラスメイトなのですから。それにアルカさんと同じ村の出身のお友達なのでしょう？　でしたら私にとってもお友達です」

エミリアは貴族、それも相当高位の貴族なのだから、もっと気取ったところがあるかと考えていたミラだったが、どうもそうでもなさそうだとここで思う。

病弱が故に家に籠もっていた結果、純粋培養されたということだろうか。

貴族じみた、平民を見下す、みたいな排除思考にも毒されていないようだし。

ミラは一応貴族ではあるけれども。

それを言い出したらそもそも彼女が仲良くしたいアルカも平民であるし。

ともあれ、そういうことなら……。

「分かった。じゃあ、一緒に帰ろうか。行き先はみんな同じ女子寮だしね」

「はい！」

「うん」


「なるほど、お二人は生まれたときからずっと一緒だったと。羨ましいです。私にはそのような幼なじみがいませんから」

エミリアがそう言った。

「そうなの？　貴族って小さい頃から同年代と社交するんじゃないの？」

アルカが首を傾げてそう尋ねると、エミリアは少し感心したように、

「よくご存じですね。確かに一般的にはその通りです。ですけど、私はほら、病弱でしたから……あまり他家の子供達との交流も出来なくて。こんな風に自由に動けるようになったのは最近なのです」

「あぁ、そういえばそんなこと言ってたね。凄《すご》く元気そうだから、すっかり忘れちゃってたよ」

「ええ、本当に調子がよくて……。武術なども半年ほどである程度まで身につけられました」

エミリアも当然ながら、魔法銀《ミスラル》クラスの生徒であるのだから武術も魔術も入学生の中では優秀だっ

ということになる。

もちろん、魔術だけが優秀で、武術はそれなり、筆記で高得点、みたいな場合でも総合的に成績がいいのであれば魔法銀《ミスラル》クラスに入ることは出来る。

だが、流石にある程度、最低限出来るべきラインはあり、それをほとんど寝たきりのような状態から半年で越えられるようになるというのは相当な努力がなければ難しい。

しかしエミリアは、それを成し遂げたわけだ。

「もう体の調子が悪くなったりすることはないの？」

アルカが尋ねるとエミリアは笑顔で答える。

「ええ。もちろん、運動して疲れるだとか、風邪を引いてしまうとかそういうことはありますけど、以前のようにいくら休養を取っても体が重いというようなことはありませんね。それもこれも、お薬を作っていただけたからで……。本当ならその薬師《くすし》の方にもお礼を言いたいのですが、誰だか分からないのですよ」

おっと、話があまり好ましくない方向にずれているな、と思ったミラはさりげなく修正する。

「それだけ元気なら、エミリアも半年後に開かれる闘技大会に出るの？」

「闘技大会ですか？　どうでしょう。私は武術の腕はそれなりですから……他の皆さんと比べるとさほど強くもないので」

「魔術が強くてもいいって話だったから、そっちでもいいんじゃない？」

「そうですね。団体戦だと活躍できるというような話でした……あぁ、そういえばお二人は出られるのですか？　特にアルカさんは入学試験の時、相当な活躍をされたと聞いていますよ」

「え？　私？」

入学試験の時のことはどうも噂《うわさ》になっているらしい。

「ええ。見ていた方々に聞くと、とても勝てるとは思えないと……残念ながら、私は別のところで受けていたので見られなかったのですが」

武術試験は何人かの試験官が担当していて、それぞれ離れたところで行っていたから。

エミリアはアルカと同じところには並んでいなかったということだろう。

アルカはそれを聞いて言う。

「そんなでもなかったと思うけどなぁ。むしろ私よりもミラの方が凄かったよ」

「え？　そうなのですか？」

どうやらミラの方についてはそれほど話が広がっていないらしい。

ミラは言う。

「いや、私は大したことなかったと思うけど……」

だからそのまま、大したことがない評価で固定しようとしたのだが、それをアルカが許さなかった。

「そんなことないよ！　あの凄く強そうな全身鎧《ぜんしんよろい》の人と互角に戦ってたもん。私、あの人が試験官だったら十秒も持たなかった自信があるなぁ」

これに反応したのがエミリアである。

「全身鎧ですか？　ということはあの英雄アンジェラ・カースと戦った女の子というのが、ミラさん

「……？」

どうやら、ミラの名前はともかく、そういう人間がいたということは広まっているらしい。

これは誤魔化しきれないないなと諦めてミラは言う。

「……まぁ、そうだよ。でも不意を打って頑張ったくらいだし。《真気》を披露したアルカほどじゃないかな」

「いえいえ！　そんなことはありませんよ！　アンジェラ・カースとまともに打ち合える人が、どれくらいいると思っているんですか⁉」

「まともにって、試験だよ？　凄く手加減してくれて、うまく隙とか見せてくれただけだからね」

事実、アンジェラは本気ではなかった。

彼女が本気になり、かつミラも本気で挑んだとしたら、あの試験会場一帯は消し炭になっていなければおかしいからだ。

加えて、ミラもそれなりの力は見せたけれども、あくまでも十三歳の範疇《はんちゅう》で収まる程度にはしていたつもりだった。

前世において、大体この程度の力はあったかな、というくらいに。

そしてその程度なら、探せばその辺にいるのだとも思っている。

「手加減って、鉄仮面を吹き飛ばしたと聞きましたが……」

「アンジェラさんが独り言を呟いてたんだけど、なんだか整備不足の鉄仮面だったかもって」

「そうなのですか……？　たまたま吹き飛んだと？」

少し疑わしげな視線を向けるエミリアだったが、ミラは表情を変えずに続けた。

「じゃないと私なんかがそんなこと出来るわけないよ。それに吹き飛ばしたって言うけど、少し外れたくらいだからね。噂話って尾ひれがつくから」

「……そう、でしたか。確かにそんなものなのかもしれませんね。私も病気が治ってから社交界デビューしたのですが、身に覚えのない噂話を沢山されていましたし……」

これが気になったのはアルカだった。

「え、どんなの？」

「そうですね、相当我儘《わがまま》で、扱いきれないような性格をしているからローゼン公爵は娘を社交界に出せないのだとか、そんな話とかが多かったですね。確かに我が儘なのかもしれませんが……」

「エミリアは全然我が儘って感じには見えないよ？　むしろ今日会った同じクラスの何人かの方がずっと酷《ひど》かったし」

アルカが思い出したような表情でそう言った。

魔法銀《ミスラル》クラスには様々な出自の生徒がいたが、やはり多かったのは貴族の出の者だった。

高位貴族は少なく、武門の下級貴族が大半だったが、それは幹部兵学校の性質上毎年そうなるらしい。

高位貴族は基本的に王立学院の方に行くからだ。

エミリアはそういう意味では例外であった。

ただそれも、彼女の家が武門の家であり、軍と深い関係があるためで、そうでなければ王立学院に行っていただろう。

そういう状況で、幹部兵学校にいる貴族の中には、身分を笠《かさ》に着ようとする者がちらほらいるのは自然な流れと言えた。

下級貴族で、本来ならばさほど権力のない貴族子息達だが、幹部兵学校では横柄《おうへい》に振る舞ってもそうそう責められないと思ってしまうのだ。

エミリアもそういう者が何人かいたことを思い出したようでため息をつく。

「そういった方々も、身分など関係ないとすぐに気づくとは思いますが……最初は仕方ありませんね」

これにアルカが首を傾げる。

「そうなの？」

「ええ。そもそも、幹部兵学校では全員が基本的に一兵卒扱い。クラスの違いはあるとはいえ、皆、身分については笠に着ることがないように言われています」

「言われたたっけ？」

アルカがミラの方を見たので、ミラは言う。

「一応ね。でも私達にはあまり関係が無いからって」

「そうだった、確かに聞いた聞いた」

「お二人は……その」

その先を言いにくそうにエミリアが視線を向けてきたので、二人は答える。

「私は平民。でもミラは……」

「一応、貴族の末席、男爵家の娘だよ。でもほとんど平民と変わらないね。小さい頃からアルカともこの感じで話すし」

「そうだったのですか。確かに自己紹介の時、ミラ・スチュアートと……スチュアート家と言えば……辺境にそのような名前の貴族家がありましたね」

「多分それかな」

「すみません、すぐに気づかず。スチュアート家の名を中央で聞いたことがなかったものですから」

そう言ったエミリアだったが、これは彼女が悪いわけではない。

その点についてミラは説明する。

「うちは滅多に社交なんかに出ないからね。それより、畑を耕してるし」

加えて、魔物の討伐と、その訓練だ。

村から王都は遠く、そうそう行っていられない。

その間に何か事件が起こっては問題だからだ。

「そうでしたか……。ですけど、しっかりと覚えました。何かありましたら、うちにご相談ください。お友達のお話は、優先して聞きますから」

「いやいや、そういうのはいいよ。友達を利用するみたいになっちゃうから」

一応、これもミラの本音ではある。

友人関係にかこつけて、公爵家の権力に頼るべきではないというのは。

ただ、そこにはもう一つ意味があって、それは公爵家の事情に深入りしてしまうと大変なことになるだろうというのもあった。

もう既に今更な話かもしれないが、あまり目立ちたいとは思っていないミラである。

だから、というわけだ。

けれどエミリアはそんなミラに感動したようで、

「ミラさん……そう、そうですね。お友達は、利用するようなものでは、ありませんよね！」

そう言いながらミラの手を取り、ぶんぶんと振って頷いていたのだった。

それから女子寮に辿り着く。

ミラと、他二人は部屋が違うので寮の途中で別れる。

「では、ミラさん。また」

「うん、また。アルカもね」

「三十分後だったね。またねー」


「……さて、と。準備するかな」

部屋に戻り、ミラはそう呟いた。

準備、それは外出の準備だ。

先ほどアルカが三十分後と言っていたのは、歩いている中でこれから街に三人で出かけないか、という話になったからだ。

実際に三人で行くのかというと、そうでもなく、エミリアにはさりげなく護衛がつくだろうが。流石に公爵家の令嬢が街を子供だけで歩けるわけがない。

「ミラ、戻った？」

ベッドから声がしてそちらに視線を向けると、そこには水色の髪を揺らすルームメイトの姿があった。

ミラよりも先に部屋に戻り、寝ていたようだ。

もちろん、部屋に入る前にミラはその気配に気づいていたが。

「うん。これから出かける準備するから、少しうるさくても許してね」

ミラがそう言うと、スヴィは首を横に振る。

「気にしないで。でも、誰と出かけるの？」

「クラスメイトのエミリアとアルカとだね。今日、クラスで受けた説明で、いくつか足りなそうなものがあったから買いに行こうかって話になったの」

ミラ達の荷物は非常に少ない。

元々、暗殺者の習いで身軽に移動できるようにと考えてのことだが、本来なら用意しておくべきものがいくつか足りなそうだと気づいたのだ。

「へぇ、何が足りないの？」

「武具の類かな。あと、錬金術用の鍋とか」

「錬金術？　ミラ、錬金術の授業取るの？」

「うん、その予定」

「珍しい」

スヴィがこう言うのには理由がある。

幹部兵学校の授業は、必修と選択に分かれているが、錬金術は選択授業の方に含まれる科目になる。

しかし、あまり選択する生徒はいないらしいとはミラも聞いていた。

そもそも幹部兵学校は基本的には軍人になるための教育機関であり、錬金術はそういう意味では専門外なのだ。

そういったものはどちらかというと生粋の魔術師達の領分であり、兵学校では好まれない。

「でも、覚えておくと役に立つからね」

「たとえば？」

スヴィもなんとなく興味を持ったのかもしれない。

そう尋ねてきたので、ミラは答える。

「そうだね……分かりやすいところで言うと、傷薬の類を自分で作れるようになることかな。ほら、ポーションとかね」

「それは確かに便利……でも難しそう」

「慣れるとそうでもないんだけどね」

「あれ？　ミラ、もう作れる？」

言い方で気づいたらしく、ミラは頷く。

別にこれ自体はそこまで隠すような話でもないからだ。

「うん。村で薬師の人に少しだけ習っていたから。でも本格的なものをちゃんと教わっておきたくてね」

実のところ、これも言い訳みたいなところはある。

というのは、ミラの薬師としての技術や錬金術の技法というのは、ほとんどが前世で習得したもので、村の薬師に教えてもらったのはそれと比べると僅かなものに過ぎないからだ。

なぜそれにもかかわらず村の薬師や学校の授業からも学ぼうとしているかと言えば、復習をかねて、というのもあったが、いつか錬金術を使うことになったとき、なぜそれを使えるのか、という話になっても言い訳が立つからである。

実際、エミリアの薬を作って渡したとき、バーグも村の薬師に学んだのなら、と納得していた。

そういう説得力が、あった方がいいだろうということだ。

加えて、ミラが亡くなってから新しく開発されたり発見されたりした錬金術の知識・技法というのもあるだろう。

それを学ぶためというのもあった。

それに、選択授業とはいえ、卒業するためにはいくつか取らなければならないと決まっているため、自分にとって確実に好成績を修められるものを選んでおこうというのもある。

ミラは別にいきなり、ことさらに目立つつもりはないけれども、永遠にひっそり生きていこうという気もないのである。

いずれそれなりに出世して、名前を知られていく、ということそれ自体は歓迎すべきことだった。急に頭角を現してしまうと、出る杭《くい》として打たれるのが分かっているから、それは嫌だ、というだけで。

そんなことを考えて返事をしたミラに、スヴィは、

「ふーん、そうなんだ。面白そうだね……私も錬金術取ろうかな」

そんなことを言ってくる。

「スヴィも？」

「うん。私は金クラスだから、ミラとはあんまり学校で会わないし、授業が一つでも同じなら会えるかなって」

スヴィは一組……魔法銀《ミスラル》クラスではなく、二組、つまりは金クラスだった。

だから通常の必修授業で会う機会はない。

けれど選択科目はクラスとは関係なく、その科目を選んだ者で授業を受けるため、スヴィとミラが錬金術を選んだら、同じ授業で顔を合わせることになる。

人気のある選択授業だと、そこでもクラスがいくつかに分かれることもあるのだが、錬金術は何度も言うように全く人気のない科目だ。

そのため、間違いなく一緒のクラスになる。

「そっか。それだと私も嬉《うれ》しいかも。誰も知り合いがいないと寂しいし」

おそらく、アルカとジュードは錬金術は取らない。

二人には既にある程度教えてはいるのだが、それでも才能というものがある。

二人ともあまり錬金術の才能はなさそうだった。

「よかった。じゃあ、錬金術取る。あ、時間大丈夫？」

スヴィがふとそんなことを言った。

言われてみると、もう少しで予定の時間になりそうだ。

話しながら準備をしていたが、少し急いで全部終わらせ、着替えて、

「じゃあ、行ってくるね」

ミラがスヴィにそう言うと、彼女は、

「行ってらっしゃい」

そう言って腕を振り、そのままベッドに沈んだ。

また眠る気なのだろう。

どれだけ眠いんだろうな、と思いながらミラは部屋を後にしたのだった。

「たかが学生の外出にこんなに豪華な馬車が出るとは」
ゆっくりと街中を進む馬車の中、ミラがそう呟く。

「申し訳ないことです……徒歩で行こうとしていたのですが、待ち合わせの場所にうちの使用人がすでに待機しておりまして、どうにもならず……」

そう言ったのは、エミリアであった。

彼女の隣にはアルカが座っていて、ミラはその正面にかけている。

馬車はローゼン公爵家所有の豪華なもので、椅子もふかふかで内装も凝っている。

前世で、劣悪な環境での任務を強いられることが多かったミラにとっては逆に窮屈とまで言えるものだが、アルカはむしろくつろいでいて図太かった。

彼女は昔からこのようなところがあるから不思議ではないが。

そんなアルカが言う。

「私は歩かなくて済むから嬉しいよ？　それに、色々お店を紹介してくれるって」

これは事実で、ローゼン家御用達《ごようたし》の店をいくつか紹介してくれるという話になっていた。

今、御者をしている使用人はミラとアルカを見ても、別に平民風情が、みたいな侮り方を決してせず、むしろお嬢様……エミリアの友人として丁寧に扱ってくれた。

この辺りの気遣いは、流石公爵家の使用人と言うべきか、それとも他に考えがあるのか。

今はまだ、ミラには分からなかった。

ただ、それでも悪意などは感じなかったのでミラは今のところ、よしとしている。

加えて、この使用人にしても、相当な腕を持っていることが察せられ、ただの御者というわけではなさそうだった。

「そう言っていただけるとありがたく……出来ればお二人の武具などについても謝罪がてら、こちらで購入させてもらえればと思うのですが……」

流石、公爵家ともなると謝罪の品の金額も違うな、貰《もら》えるなら貰っておいて損はないな、などと思ったミラとは裏腹に、

「駄目だよ！　友達から何の理由もなく買ってもらうわけにはいかないもん」

エミリアの言葉に、アルカが即座に反論する。

「ですけど、こちらの事情でご迷惑を……」

「だから全然迷惑じゃないよ？　でも……ここまで過保護なのはちょっと不思議かも？　街に買い物に行くくらい、兵学校の生徒なら普通なのに」

これは微妙なところかもしれない。

兵学校の生徒とは言っても、それなり以上の貴族家ならこのくらいの扱いはありうるからだ。

ただ、気になる点としては、エミリアはそのような扱いを好まないように見えるから、そういった場合には大抵、遠くから見守る形になるはずなのだが、といったところか。

実際、こうやって馬車で運ばれているミラ達だが、遠くまで意識を伸ばしていくと、そこには公爵家の手のものだろうと思われる人間の気配もある。

ミラから見ても悪くないと感じられる程度の腕の者達だ。

人知れず倒せと言われれば無理ではないけれど。

彼らは普段、学校の外で常時監視し、エミリアが外に出たときにさりげなくついていく、そのよう

な行動をしているのだと思われた。

ミラも、かつてそういった仕事を請け負ったことがあるから分かる。

そしてそんなミラから見ても、確かに今のエミリアの扱いは過保護な感じはした。

エミリアはアルカの言葉に少し考えてから、言う。

「……多分ですけど、お父様が私のことを心配されているのでしょうね。ほら、私少し前まで病気だったと言ったではないですか。それで色々と考えられて……」

「色々って？」

アルカが首を傾げる。

こういうとき、シンプルに質問できるのが、アルカのような人間の強いところだろう。

ミラだったら遠回しに聞くか、気づかれないようにうまく話を誘導して尋ねようとする。

アルカの言葉に、エミリアは言う。

「そもそも、私のかかっていた病気……魔脈硬化症というのは、治療法がほぼないそうなのですが、あの頃、私を診てくださった方の中に治療法を知っているお医者様がいて、お父様はそれに希望を見いだして従ったのですが……」

これについてはアルカもミラも既に知っている内容だ。

まさに、二人ともどっぷりと関わったことだからだ。

ただ、そこまで詳しくは知らないとも言えた。

あえて聞かなかったからだ。

高位の貴族家に関わると面倒くさいことになると、そういう考えだった。

けれど、今となってはミラの考えは少し変わっていた。

アルカにとってはルームメイトだし、ミラも曲がりなりにも友人だと言ってしまった。

ミラからすれば、前世ならばいくらでもついてきたような嘘《うそ》の類になるが、今世においてはそのようなことを嘘として言うつもりはなかった。

必要なときもやらないという意味ではないけれど。

「あー、そんな話だったね。それで？」

「どうも、実際にはその治療法というのは私の病状を悪化させるようなものであったらしいのです。私も詳しくは教えられていないのですが、結果的に、異なる治療薬をある日、公爵家の御用商人の方が持ってきてくれて……それで完治しました」

これにはミラが、

「それなら問題ないんじゃないの？」

言いながら、そんなわけはないと思っている。

エミリアが気づいているかどうかはともかく、これはあくまでも、続きを促すための言葉だ。

事実、エミリアは少し唇に指を当て、言いよどんだが、すぐに諦めたように続ける。

「それがそうでもないのです……いえ、お父様は、私に特に何も言いません。ですが、何かをその……懸念しておられるようで」

「何か心配してるって？　病気が治ったのに？」

アルカが首を傾げると、エミリアは頷く。

「ええ。病気自体は、運悪くかかったのだろうとは思います。ですが、それを利用して……そう、私の命を奪うような企《たくら》みをしていた人間がいたのではないか、そういう懸念をされているのではないかと……」

やはりそういう話か、とミラは思う。

ただ尋ねる役はアルカに任せて続きに耳を澄ませる。

「お父さんからそう言われたの？」

「いいえ。お父様はそんなことを私にはおっしゃいません。ですけど、この扱いを見ればなんとなく察するものがあります。ただの買い物に、我が家の副騎士団長をわざわざつけるなど……あり得ないことですから」

これを聞いて、ミラはなるほど、と思った。

御者をしているのは、ローゼン公爵家の所有する騎士団、その副騎士団長なのだ。

それほどの人材というのは容易に動かせるものではない。

つまり、それだけ今のエミリアの状況に危険を感じているのだろうということだ。

「いいお父さんなんだね」

ミラが呟くと、エミリアは苦笑しながら言った。

「ええ、少しばかり、娘思いすぎるといいますか……良いお父様です」

きな臭い事情について悟られないようにしているのであれば、確かにそれは正しいと言えた。

だが、そんな親子に対し危険なちょっかいをかけようとする人間がいる。

そのことに少しばかりの怒りを感じたミラだった。


「お二人が必要とする武具はここで見繕われるといいでしょう……」

馬車がしばらく走って辿り着いた武具店は、高位貴族が御用達のものらしく、分かりやすく大通りにある豪奢《ごうしゃ》な店……かと思ったが、意外にもそうでもなかった。

むしろ、その大通りの端の方にある、一見寂れたように見える店だった。

《クロード武具店》という素っ気ない雰囲気の看板だけが、そこが正しく武具店であることを主張していて、もしも普通に歩いていたら通り過ぎてしまうような感じがそこにはあった。

「うーん、この店で大丈夫なのかな？」

と、アルカが呟く。

これにエミリアは微笑む。

「初めてここに来る方は皆さんそうおっしゃいます。ですけど実際には……」

そう言いかけたところで、

「あぁ⁉　お前ら誰の紹介で……ん、エミリアの嬢ちゃんか。なんだよ」

奥の方から怒鳴りつけるような声でそう叫びながら男がやってくる。

筋骨隆々で、一見汚らしく見えるひげ面の男性だ。

ただ……。

(よく鍛えられた体に、練り込まれた魔力。魔力回路も相当なもの。鍛冶師《かじし》としては最上かも……)

ミラの目にはそう見えた。

そんな彼女に気づいたのか、男はミラに視線を向けて笑う。

「……ほう、なんだか面白い嬢ちゃんを連れてきたみたいだな。友達か？」

首を傾げる彼に、エミリアは、

「いえ、友達というわけでは……ない、こともないのでしょうか？　ミラさん、お友達としてご紹介しても……？」

と言う。

ミラはこれに微笑み、頷いて返答する。

「エミリアとは友達だよ。こっちのアルカも。私……ミラとアルカは小さい頃からの幼なじみで、エミリアとは兵学校で知り合ったの」

男はこれに深く頷き、言う。

「なるほどな。アルカとミラは身のこなし、重心の取り方、呼吸が似てるから納得だ。エミリアの嬢ちゃんとは、腕が大分違うように見えるが……」

一発で見抜かれたことに少し驚くが、こういうことは鍛冶師にはよくあることだ。

ミラは彼に言う。

「アルカとは一緒に鍛えてきたから。幼なじみはもう一人、ジュードっていう男の子がいるけど」

「そうなのか？　じゃあ、そのうちそいつも連れてこい。腕は同じなんだろ？」

「どうかな。魔術主体だからそっくり同じとは言いきれないけど……」

「ま、似たようなもんならそれでいい。お前らみたいなのに武具を打ってやるのが俺の生きがいだからな」

「そ。ならいいけど」

この会話を横で聞いているエミリアは目を見開いているようだった。

彼女に対し、ミラが首を傾げると、エミリアは言う。

「……いえ。この人……クロードがここまで期待する人は初めて見たものですから。クロード、貴方《あなた》、エギットですら邪険にしていたではありませんか。それなのに」

それに対し、クロードと呼ばれた男は言う。

「あの男は腕は確かだが、面白くないからな……この嬢ちゃん達は違うぞ。俺の腕を振るう価値がある上に、何か面白そうな気配がする……」

鍛冶師として矜持《きょうじ》もあるのだろうが、それ以上に面白そうな話に首を突っ込みたがる性格なのかもしれない。

確かに自分達はそういう意味では面白い可能性が高く、なるほど、ある種の嗅覚が優れているのだろうと思ったミラだった。

ただ、エミリアにはそんなことは分からない。

だから首を傾げる。

「そうなのですか……私にはよく分かりませんが……」

「うーむ、エミリアの嬢ちゃんは、どうも運が良さそうに見えるな。どれ、以前断ったが、今ならあんたにも武具を打ってやってもいいぞ」

「えっ……ほ、本当ですか!?」

ミラは驚いてそう言ったエミリアを意外に思う。

連れてきてくれたのだから、彼女の武具はクロード製なのかと思っていたが、そうでもないらしい。

「あぁ。これから面白くなりそうだからな……だろ？」

どこまで分かって言っているのか分からないが、どこかギラついた視線をミラに向けて言ったクロードに、ミラはこれは本当にただものではないなと感じる。

ただそれを表情に出すわけにもいかず、けれど受けないわけにもいかない言葉に苦笑して呟くように言った。

「そうかもしれないね」

「エミリアの嬢ちゃんの力になってくれんのか？」

「それほど気に入ってないんじゃなかったの？」

「いいや。まだ俺が打つほどじゃねぇと考えてただけで、いずれはとは思ってた。だがそんなことも言ってられなそうに見えたんでな……」

「そうなんだ。ふーん……まぁ、私が出来ることはするよ」

ここまで関わってしまったのだ。

公爵令嬢だから、と距離を取るのはもうやめることに決めたミラだった。

それに頷いたクロードは、言う。

「そうか！　よし、早速こっちに来い！　まずは採寸からだ！」


「クロードは……王都でも一番の腕を持つ鍛冶師なんです」

アルカの採寸を張り切ってしているクロードを見つめながら、横に立つエミリアがそう言った。

「そんな鍛冶師を、急に私達みたいなのに紹介するのはおかしいんじゃないかな？」

「それは……そうかもしれません。ですけどなんだかお二人にはそうしたくて……変でしょうか？」

どことなく純粋な目で私にそう言ったエミリアに、ミラは意外に思う。

「……一般的に考えれば変ではないけれど、公爵令嬢としては珍しいんじゃないかな？」

ミラはエミリアにそう言った。

少なくとも前世の常識からするとそうだったからだ。

これにエミリアは少し考えて、

「私は今まであまり、他の貴族と関わってきませんでしたから、その辺りの感覚が異なるのかもしれませんん……まずいでしょうか……」

そう言ってきたが、これにはアルカが明るく言う。

「全然大丈夫だよ！　むしろ他の貴族みたいになっちゃったらやだなぁ」

「そうですか？」

「うん。別に全ての貴族が良くないとかそんなこと言うつもりはないけどね。学校の生徒も大半は普通だと思うし」

これもまた、事実だろう。

権力を笠に着るような生徒は意外に少ない。

全くいないというわけではないが。

これには理由があって、高位貴族の大半は王立学院の方に行ってしまうからだ。

兵学校に来る高位貴族というのは、軍に関係の深い者が大半を占める。

そしてそのような貴族というのは、規律というのを幼少期から叩き込まれがちであって、貴族としてというよりも兵士・騎士としてのあり方の方が優先されるために、一般的にイメージされる貴族像とは異なる。

いい貴族、という感じのタイプが多いのだ。

「そうですか……それならば、あまり気にしないようにしますね」

そう言って微笑むエミリア。

そんな話をしていると、三人分の採寸が終わる。

「よし、こんなところか。あとはデザインだが、希望はあるか？」

そう言ったクロードに、アルカが尋ねる。

「私は特にないけど……ていうか、もう採寸できたの？　私ぜんぜん触られてないよ？　採寸ってこう、メジャーとか巻いてするんじゃないの？」

そうなのだ。

特に採寸するに当たって、私達はクロードから触れられていない。

なのに終わったというのだ。

これにクロードは答える。

「こいつを使ったからな」

そう言って彼が掲げるのは、長方形の物体で、魔力を感じられた。

「それは？」

「これを向けると、人間の体の表面を覆ってる魔力を感知して、それだけで体形を把握できるものだ……おっと、別に透視が出来るとかじゃねぇからな。あくまでも、寸法が分かるだけだ」

なるほど、とミラは思った。

このような魔道具は昔はなかったから、ここ十年ほどで開発されたものなのだろう。

鍛冶師は仕事柄男性が多いし、女性の採寸をする際には重宝する魔道具だろうとも。

「そんなのがあるんだ、面白いね」

「魔術塔じゃ、最近こういう日々の生活に役立つ魔道具を結構作ってくれててな。ありがたいもんだぜ」

魔術塔、それは魔術を研究する集団、《魔塔》とか《魔教団》とか呼ばれる者達の構えている拠点だ。

各国に存在していて、魔術については追随を許さないと言われている。

国とは一定の距離を保っている魔術塔も、逆に国との関係が深い魔術塔もあるが、この国のものは比較的協力的だったはずだ。

だからこそ、市井《しせい》に有用な魔道具を流しているのだろう。

ただ、多くの人は魔術塔に対して、魔術のみに傾倒し、市井とは国も合わせて全く関わりを持たない、みたいな世捨て人が多いというイメージを抱いているようだが。

「じゃあそれ、誰でも手に入れられるの？」

ミラがクロードに尋ねると、首を横に振った。

「いや、採寸が目的のものであっても、中身を詳しく調べられると困るみたいでな。許可制で貸し出すという形式になっているな」

「なるほど」

自分の手元にもあれば便利かも、と思ったミラだったが、簡単に手に入れられるものではないらしい。

「ま、こんなもの俺達や服屋やらくらいにしか需要はないだろうけどな」

「そうかな？　学校でも身体測定をしたし、そういうときにあったら楽だよ」

ミラがそう言うが、クロードは首を横に振る。

「年に一度か二度測るくらいだろ？　それなら手作業でいいだろ。そもそもこいつはそれなりに魔石を使うからな。大量の生徒に使うコストを考えても、要らないと思うぜ」

大雑把に分けて、魔道具には魔石を使うものとそうでないものがあるが、これは前者らしい。

確かにそうなると、人間が手作業で行った方がいいか。

「理解したよ。大分話はずれちゃったけど、武具のデザインだったね」

ミラがそう言うと、クロードはそうだった、という顔で聞いてくる。

「あぁ。アルカの方は希望がないってことみたいだが、ミラ、お前は？」

「私も特別ないけど……色だけ、黒を基調にしたものがいいかな？」

「黒？　なんでまた」

「その方が奇襲をかけやすいでしょ」

この感覚は前世からのものに基づく。

暗闇に紛れて活動するのには、やはり黒がいい。

もちろん、時と場合によって異なるだろうが、基本的に何色がいいかと言われるとそうなる。

クロードは頷いて、

「そういう戦い方をするタイプか……確かにあまり腕力でって感じには見えねぇしな。よし、分かった」

そんな感じで細かな好みなども聞かれて、話はまとまる。

「じゃあ、一週間後に取りに来い。あぁ、その時にジュードって奴《やっ》も連れてきてくれ」

そうして店を出た。

第５章　腕を振るう

それからも三人は街を色々と見て回った。

そして徐々に日も暮れてきた頃……。

「……アルカ」

ミラがふと、そう口にするとアルカは軽く頷《うなず》いて、

「うーん、そうだね」

と言った。

どうやら彼女も問題なく気づけているようだ、と理解するミラ。

しかしエミリアだけは首を傾《かし》げている。

「どうかされましたか？」

そう言ってくるが、何が起こっているか答えると不安を与えると考えたミラは、とぼけた様子で言った。

「ちょっとさっき知り合いを見かけたんだ。私、ここで降りるから、二人は先に帰ってくれていいよ」

「えっ、ここでって……馬車は動いているのですが」

エミリアがそう言うと同時に、ミラは馬車のドアを開いて、そこから飛び降りてしまう。

街中をゆっくり走っているので出来ない速度ではないが、公爵令嬢としてはそのようなことをする人間は滅多に見ないもののようで、目を見開いていた。

ミラとしても出来る限りこんなことはしたくなかったが、そういうわけにもいかない理由があった。

馬車を降りてすぐ、身体強化魔術をかけて、走り出す。

気配も断ち、目的の人物達のもとへと。


そこは、先ほど馬車を降りた場所から少しだけ離れた位置にある路地だった。

「……あーあ、せっかく大人しく生きるつもりだったっていうのに、もう無理かなぁ」

ミラはそんなことを呟《つぶや》きながら、目の前の存在に相対する。

「……？　お前は……!?」

そこには黒装束を身に纏《まと》った明らかに尋常ではない人物達が三人いて、ミラに気づくとそう呟いた。

彼らの足下には一見するとただの町人に見える成人男性が二人転がっていた。

息は……どうやらあるようだ。

気を失っているものの、胸元がゆっくりと上下しているし、人間の死亡時に起こる魔力の霧散が見られない。

ミラはそれを軽く確認してから、黒装束達に向かって口を開く。

「誰だか分かる？　分からないはずないか。さっきから随分と追いかけ回してくれてたもんね」

「……お前、気づいて……？」

「学校出た辺りから、ずっと追いかけてきてたでしょ？　何もしないで帰るつもりならとりあえず放っておこうと思ってたんだけど、こんなことされたらそういうわけにもいかないじゃない？」

学校を出るところから追いかけてきていたのは、実のところ、エミリアの家の者だけではなかった。

正体不明の人物が三人、密《ひそ》かについてきているのをミラは知覚していた。

ただ、だからといってミラはそれに対応するつもりは今日のところはなかった。

確実にややこしいことになるのが目に見えていたからだ。

もちろん、ただ放置してはエミリアが危険であろうから、後で彼女の家の者に密かに伝えようと思ってはいたのだが、そのくらいで済ますつもりだった。

けれどそうはいかなくなった。

その理由は彼らの足下に倒れている二人だ。

彼らこそ、エミリアの家の者達。

それなりに訓練を積んだ、エミリアの護衛としてついてきていた者達だ。

その割には簡単にやられてしまったものだ、と思うかもしれないが、これはむしろ黒装束達の練度が高いことをこそ褒めるべきだろう。

倒れている二人は目立った傷もなく無力化されていることから、かなり能力に差があるのが見て取れる。

ミラから見ても、そこそこの手練《てだ》れだ。

「お前一人で一体何が出来ると言うのだ……ここで去れば、お前については見逃してやるぞ。あの連れもな」

黒装束の一人がそう言う。

連れとはアルカのことで間違いない。

そしてこの言い方から、ミラとアルカについては標的に入っていないということが分かる。

大して調査もしていないということも。

ミラは自分ならば関係者に関しては全て調べてからことを起こすだろうと思ったが、それは言わずに尋ねる。

「そういうわけにもね……でも、どうしてエミリアを？」

「答えると思うか？」

「そうだよね……ま、体に聞けばいいのかな」

もちろん、答えるはずはないと思っての質問だったから気にはならない。

裏稼業の人間にとって口の堅さは何よりも重要だからだ。

コキコキと首を鳴らしながら、ミラが少し笑うと、黒装束達は剣呑《けんのん》な雰囲気を纏いつつ、

「出来るものなら、なッ!!」

そう叫んで向かってきた。

場所が場所だ。

表通りからは少し離れていて喧噪《けんそう》も届かない。

ここで叫び声を上げられたところで問題ないと考えての行動であろうことははっきりしている。

だからこれほど大胆な行動が出来るのだろう。

けれど、彼らは理解していなかった。

それは彼らにとってだけでなく、ミラにとっても同様であるということを。


音もなく襲いかかってくる三人の黒装束達。

全員が短剣を手に持っている。

街中で最も携行しやすい武器であるから、さもありなんという感じだった。

ただ、倒れている二人の足下には剣が落ちている。

短剣でそれを相手にして勝ったというのは驚くべきことだ。

基本的に武器はその長さによって有利不利が出てくる。

短剣で剣を、というのは技量が低い相手でも実のところ簡単ではない。

それを軽々こなしているわけだから、やはり相当の腕を持っていることは明らかだった。

「でも、私にはちょっと物足りないかな?」

黒装束達の中でも先頭で突っ込んできたのは、最初に話していた者ではなく、その右隣にいた者だった。

話していたのはこの三人の中だとリーダー格だろうから、下の奴《やつ》から向かわせるということだろうし、それはそれでいいのだが……。

「確実に有利なときでないと意味がないんだよね、それ」

ほとんど予備動作もなく正確に首筋を狙ってきた短剣を、ミラはいつの間にか抜いた短剣で弾《はじ》き、さらに黒装束の腹部に、短剣を持っていない右手の拳を入れる。

そのたった一撃で黒装束は意識を失い、その場に倒れ込んだ。

「馬鹿な……ッ!?」

残った黒装束二人のうち、リーダー格でない方がそううめき、二人揃《そろ》ってミラから距離を取る。

「……あれ、ここはそのまま二人揃って向かってくるところじゃないかな」

そうしてくれた方が楽だったのに、距離を取られると時間がかかってしまう。

「どうやら嘗《な》めていたのはこちらの方だったらしい……ここは」

「ここは？」

「場を改めさせてもらう。また、いずれ」

「え」

そう言って黒装束二人はそのままくるりときびすを返し、別の方向へと逃げていく。

「あちゃあ……思ったより判断力があったなぁ。でもまぁ……一人くらいは逃がすつもりだったし、いいかな」

ミラはそう呟く。

さらに、

「とりあえず今は、この二人に起きてもらおうかな……。軽く治癒術かけてっと……」

倒れていた二人を起こして建物の壁に背中をもたせかけ、術をかける。

軽く見る限り、重傷ではなさそうだった。

むしろかなりの軽傷で、殺すのが目的ではなかったように見える。

殺すのだったらミラがここに辿り着く前には終わっていただろう。

この様子なら十分もすれば目が覚めるだろうと考え、その間に黒装束の体を漁《あさ》ることにした。

特に口の中については念入りにだ。

その理由は……。

「……おっと、やっぱりか。この歯は抜いちゃおう」

口の中の奥歯の一部に、不自然な加工の施されたものを発見する。

気絶しているとはいえ、無理矢理抜くと痛むらしく、黒装束はうめいたがそんなことはミラには関係ない。

そして抜いた奥歯を軽く割ると、酷《ひど》い臭いが上がってくる。

「この感じだと、バジリスク系の毒かな。そう簡単に手に入らないからこの量でもありがたいかも。保存、保存と……」

ガラス瓶を取り出して、その中に歯を入れる。

さらに保存系の魔術をかけて、しまい込んだ。

毒については ミラも色々と採取はしているものの、残念ながら中々手に入りにくいものがあり、バジリスク系もそのうちの一つだった。

村の近くにほとんど生息していないためだ。

さらに、かなり危険な毒であるため、一般に流通などしていないから店で買うというのも難しい。

それがこんなところで手に入ったのは僥倖《ぎょうこう》だった。

たとえそれが、裏稼業の人間が秘密をバラさないために捕まったときに服毒し、自殺するためのものだったとしてもである。

「他にも何か……おぉ、色々持ってるね。魔道具関係も沢山あるといいんだけど、流石《さすが》に軽装だからなぁ……」

それからしばらくの間、ミラは男の仕事道具漁りを楽しんだのだった。


「うっ……ここは」

十数分が経《た》ち、ついに二人の男性のうちの一人が目覚める。

「あ、起きた？」

その頃にはすでにミラは黒装束の身ぐるみ剝がしを終えていた。

といっても、黒装束自体は剝いでいない。

その理由は簡単で、ミラが黒装束の人間だと勘違いされてはたまらないからだ。

ただそれでも……。

「お前は⁉　お前が俺達を……」

男性がそう言って転がっていた剣を急いで拾い、立ち上がってミラに向けてきた。

その警戒心は悪くないな、と思ったミラだったが、流石にこんなことをされる筋合いはないので言う。

「よく見て。貴方達《あなた》は襲われたわけだけど、それは本当に私だった？」

「何を……⁉　いや、貴女《あなた》は……あぁ、お嬢様の……いや……その……」

意識がまだ朦朧《もうろう》としている中、それでもミラの顔をよく観察する男性。

そして徐々にそれが見覚えのあるものだと気づいたらしい。

つまりは、エミリアの学友であるということを。

そもそも、彼らの仕事はエミリアとミラ、そしてアルカを背後から護衛することだったのだから、顔くらい覚えていて当然だ。

「いいよ、隠さなくて。護衛してくれてたんでしょう？　エミリアの家の人」

「貴女は……いえ、確かにその通りです。ですが、我々は何者かに襲われて……一体何がどうなっているんです？　なぜ貴女がここに……」

「簡単に言うと、貴方達が襲われてるみたいだったから、私が助けた。襲ってたのは、黒装束を纏った三人の人物で、そのうちの一人はそこで気絶してる。後の二人は……ごめん、逃げられちゃった」

「貴女が助けてくれた……？　そんな馬鹿な。我々ですら気配も感じられなかったほどの手練れを……一体、どうやって」

まぁ、そこは気になるだろう、とは思ったミラだったが、説明してすぐに理解してもらえるとも思ってはいない。

けれど疑問には出来る限りしっかりと答えた方がいいだろう。

「私、これでも結構強いんだよ。気配とかは……貴方は多分、騎士でしょう？　ああいう隠れるのが得意な手合い相手だと難しかったんじゃないかな。正面から戦ったらそこそこいい勝負はしそうに見えるし。私は村の近くの森でそういうのが得意な魔物相手に修行してきたから、慣れてるんだ」

これは別に嘘《うそ》ではない。

ただし、全てが本当というわけでもなかった。

ミラが隠れるのが得意な裏稼業の人間相手に強いのは、単純に自分もかつてそうだったからで、その手の内など全て知っているからに他ならない。

しかしそんなことを言ったところで信じられるはずもないし、仮に信じられたとしてもそれはそれで問題であるからこういう説明になった。

男がミラの言葉をどれだけ信用したかは分からないが、それでもこの状況に対して他に納得できる説明は今のところなさそうだと思ったのか、頷いて言う。

「そうでしたか……分かりました。そしてありがとうございます。もしも貴女が来てくれなければ、私もこいつもどうなっていたか」

「素直だね？　ただの学生に対して」

「目の前の事実をそのまま受け入れることは、騎士にとって必要な能力ですので。ですが、色々聞きたいことはあります。私もそうですが、ローゼン公爵家としても」

そう言われて、やはりこうなったかと思うミラ。

エミリアはローゼン公爵家の令嬢であり、彼女を守護していたのが彼ら公爵家の騎士なのだから、当然そういう話になるのは予測していた。

だからため息をつきつつ、言う。

「うん、そうだよね……。分かった。いつ、どこに行けばいいかな？　流石に私、知っての通り学生だから、一旦寮に戻りたいんだけど。あと、どれくらい時間がかかるかにもよるけど、外出するなら学校に説明も必要かなって」

この極めてまっとうなミラの言葉に、騎士の男は少し面食らったような表情になったが、すぐに理解したらしく、

「それは……確かにそうでしょうね。では、学校にはこちらから連絡を入れるよう手配します。本当でしたらこのままローゼン公爵館にご招待したいのですが……」

「逃げたりはしないから安心してよ。それと、そこの黒装束も連れていくよね？　動けないように魔術でかなりきつく縛ってるんだけど、二時間もしたら解《ほど》けるから、その前に運んで自由を奪った方がいいよ。一応自殺できないように調べて対策はしておいたけど、そっちも気をつけてね」

「……そんなことまで。貴女は一体……」

「今度、公爵館に招待されたら説明するよ。今のところはこんなものでいいかな……あっ、そうだ。エミリアのことなんだけど」

「お嬢様は……」

「アルカ……私の幼なじみで、弟子が守ってるから大丈夫だと思うよ。それに、あっちにはもっと手練れの人がついてるよね」

「お分かりですか」

「まぁね。じゃあ、こんなところでいいかな」

「はい……あぁ、今更になりますが、私はセシリオと申します。ローゼン公爵騎士団の、騎士セシリオです」

「腕はいい方？」

「簡単にやられておいてそんなことは口が裂けても言えませんね……実際、団では下の方です。私達は、あくまでも補助というか、そんなものなので」

「そっか。でも二人がいたからこいつを捕まえられたんだから、あんまり落ち込まないようにね」

「はは、フォローをありがとうございます……では、またいずれ」

　そしてミラとセシリオ達は別れた。

　ミラはそのまま寮に戻ったが、寮に辿り着くと、アルカとエミリアが寮の入り口でミラを待っていた。

「あれ、二人ともどうしたの」

「どうしたの、じゃないですよ！　心配したのです」

エミリアがまずそう言う。

続けてアルカが、

「私は心配はしてなかったけど……あの後、馬車が襲撃されたんだよ。だからエミリアは余計にね」

そう言った。

馬車が襲撃されることは、あの時、アルカと目配せした時点で彼女は理解していたわけだから、これはあえての説明になるだろう。

つまり、本当に心配していたのはエミリアだけ、というわけだ。

だから私はエミリアに言う。

「そんなに大したこともなかったよ？　言ったでしょ。知り合いを見かけたからちょっと会いに行くだけだってさ」

もちろん、あの時、あったことを全て説明することも出来た。

しかし、今のエミリアにそれをしたところでどんな意味があるというのだろう。

あらゆる意味で、する必要がないだろうとミラは判断する。

そんなミラにエミリアは、

「本当に？　本当にですか⁉　誰かに襲われたりなどしませんでしたか⁉」

と言い募るも、ミラは特に動揺することもないまま、のらりくらりと躱《かわ》し続けたのだった。

次の日。

「失礼します。ミラ様はいらっしゃいますか？」

そう、寮の部屋の扉が叩《たた》かれて声をかけられる。

同室のスヴィは相変わらず自分のベッドでよく寝ていて、ミラはすぐに扉を開いて訪問者と相対する。

「貴方は？」

何の用件か分かっているものの、とりあえず尋ねるとその人は言った。

「先日のことについて、お話があるとのことで……本日の正午にお訪ねいただければと」

場所やら主語やらが全く存在しない言葉だったが、こんなものはミラにとっては慣れっこだった。

加えて、今回については完全に心当たりが一つしかないわけだから、何も問題ない。

訪問者に頷いて、

「分かりました。では、そのようにいたします」

そう言った。

すると訪問者もまた頷いて頭を下げ、去っていく。

それから、ミラは準備を始めた。

普通に考えれば、すでに配付されている兵学校としての制服を身に纏って訪ねればいいわけだが、それはそれで目立つのではないか、と思った。

だから彼女なりの工夫をした格好で、学校を出ることにしたのだった。


その日、騎士セシリオはローゼン公爵館正門を落ち着きのない様子でうろうろしていた。

普段であれば門番二人が構えているだけの場所だが、今日はローゼン公爵が直接招待した来客があるために、それなりに立場のあるセシリオもそこに待機していたのだ。

そもそも、その来客……つまりは先日の問題を片付けてくれたらしいその人物のはっきりとした顔を見ているのはセシリオしかいないのだ。

他に、一応の護衛対象であるからと遠目に顔を確認していた同僚であるエドガーもいるが、彼は肝心な時に完全に気絶していたために話にならない。

だから確認はセシリオがするしかなかった。

まぁ、それこそお嬢様なら間違いなく分かるだろうが、そのお嬢様に出来るだけ知らせずに、彼女だけ、招待したいというお館様の意向がある。

だからこうするしか……。

何度そう思ったことだろう。

正門に一人の人物が近づいてくるのが見えた。

その人物は見窄《みすぼ》らしい衣服を身に纏い、どことなく猫背で、視線を下に向けた人物だったので、何かの間違いで通ったものかと初めは思った。

しかし彼女は門番に近づくと言うのだ。

「……先日お約束した者です。どうかお通し願いたいのですが……」

門番はそれを鼻で笑って応える。

「閣下がお前のような者とお約束などするものか。疾《と》く去るがいい」

普通なら、屈強かつ武具を纏っている門番にそんなことを言われれば、恐縮してしまうものなのだが、そうはならなかった。

むしろそれに対して、その人物は続けた。

「本当に、よろしいのですか？　私は本日を逃せば、二度と訪れることはありません。もし、なぜ訪れないのかと聞かれれば、門番に追い返されたからで、そのような人間のいるところにはどのような理由があろうと訪ねることはないと答えますが？」

これに、門番は少し驚いたように、

「な、何を言うのだ……私を脅すのか？　お前のような者が……」

と、そうなったところで、セシリオはふと気づく。

その目の輝きが、つい先日出会った少女のものそのものだ、ということに。

基本的にこういったやりとりは門番の役目であるから全て任すべきと思っていたが、慌てて近づき、前に出て言う。

「いや！　待て。お前の名前を聞かせて欲しい」

そう言ったセシリオにまず反応したのは門番の方だった。

「セ、セシリオ様？　しかしこの娘は……」

「いや、お前は気にする必要はない。それより、お前だ」

すると娘は言った。

「……これは意外に準備してたね。ここで追い返されたら楽だったのに……」

と舌を出しながら。

セシリオはそれを呆《あき》れながら見て、言う。

「……貴女は、ミラ殿ですね？　どうしてこんな門番を騙《だま》すような真似《まね》を……」

「理由は簡単だよ。ここで正式に門番に追い返されれば、もう二度と公爵閣下の招きを受けなくても
いい建前が得られるからね。招きに従っても入れてもらえないから無駄ですって」

「恐ろしいことをおっしゃいますね……」

「でも残念ながら、一枚上手だったみたいだけど」

「そうでもないでしょう。私がここに来たのは、自主的にです」

「そうだったの？」

「ええ。ミラ様のお人柄については、お館様もまだ、ご存じではないですから……ともあれ、どうぞこちらへ。ご案内いたしますので」

「うん、分かったよ……」

ミラはため息をついて、セシリオの後ろからついてくる。

しかし、セシリオとしては気が気ではなかった。

急にこの娘の気が変わり、どこかに行ってしまうのではないかと思ったからだ。

そんなセシリオに気づいたのか、ミラはふっと笑いかけて言う。

「大丈夫だよ。ここまで入っちゃったら、もう観念するしかないよね。あぁ、公爵閣下にも、ちゃんと、しなをつけて話すから、そこも安心してね」

「……お心遣い、感謝します」


ローゼン公爵、アルベルトにとって、その顔合わせは本来、大したプレッシャーのあるようなものではなかったはずだった。

公爵となってからもう二十年は経っている。

その間、海千山千の貴族達を相手にしてきたのだから、その自信は決して虚勢ではなかった。

それどころか、大抵の貴族はアルベルトの前に出るときは冷や汗を流すほどだし、腕のある騎士・魔術師だとて少しの緊張もしないという者は珍しかった。

ただし、全くいないわけではないのが、この世界の面白いところでもあるのだが。

一般的にはアルベルトはローゼン公爵、つまり、身分的には逆らえる者など王族をおいて他にいない建前になっている。

それなのに、である。

それでも、ローゼン公爵騎士団所属の騎士、セシリオが連れてきたその少女が、まさにそのような人物達と肩を並べるような存在であるとは当然、考えなかった。

アルベルトより身分が低くて、それでもなお、対等以上に振る舞えるのはあくまでも何かしらの実力に裏打ちされた自信を持っている者に限られるからだ。

目の前の少女は、少なくともそういったものを持っているようには一見、見えなかった。


もちろん、事前にある程度、セシリオから話は聞いている。

どういう方法かは気絶してしまってその場を見られなかったので分からないようだが、少なくともいっぱしの騎士が一撃で昏倒させられるような者を相手にして倒したらしいということは。

けれどアルベルトはこの報告を疑っていた。

別にセシリオが嘘をついていると思ったわけではない。

そうではなく、話の一部に行き違いのようなものがあるのではないかと。

つまり件《くだん》の少女……ミラ・スチュアートがあの刺客を倒したのではなく、彼女にもエミリアと同じように誰かしら腕利きの護衛がいて、その者が倒したのではないかと推測していたのだ。

ミラは娘であるエミリアの学友であることから、知り合った時点で、その出自については調べがついている。

彼女が辺境の村とその周辺を領地とする下級貴族、スチュアート家の者であるということ。

村でのびのびと育ち、そして兵学校の試験を受けて学生になったということについてまで早い段階で分かっている。

そこに何の疑いもないことも。

ただ、そういう出自なのであれば、兵学校の試験に受かるためにはそれなりの教師が必要になってくるはずだ。

両親だけで教えるということは滅多にない。

となるとそれは、おそらくスチュアート家に仕える家臣になるだろう。

どれほど下級の貴族であっても、高位貴族に匹敵するような手飼いの者を一人や二人、抱えているものだ。

そのような人物が、ミラを、そして彼女の幼なじみであるアルカやジュードを育て上げたのだろうとみている。

ただ、流石に公爵家の権力を使っても、辺境の小さな貴族家の、それも今まで表に出たことがないような家臣の名前や能力まではすぐに調べることは出来なかった。

だから、これはあくまでも事前に調べたことと、セシリオの報告を合わせて考えた内容に過ぎない。

それでも本人が実際に目の前にいるわけだし、尋ねればすぐに分かることだと思って、大した緊張はしていなかった。

「……ふむ、お前がミラか。顔を上げるといい」

アルベルトはそして、ゆっくりと口を開いた。

ここに来るまでの間に、騎士セシリオか、それとも執事の誰かが教え込んだのか、自分から上位の貴族に話しかけてはならないというマナーを守った振る舞いをしていたようだ。

ミラは部屋に入ると同時に、アルベルトの目の前に膝をついて黙っていた。

立派な態度だ。

ただ……少し違和感はあった。

教わったばかりにしては堂に入った振る舞いだなと。

アルベルトは公爵だが、正直なところ身分についてはさほど重視していなかった。

もちろん、国を支える根幹、そのためのシステムとして重要であることは分かっているし、それに沿った振る舞いはするものの、人間の価値の上下を身分で決めるつもりはない。

だから、平民も耳に聞こえた者、能力の優れた者であればよく招いて直接話をする。

そういった者達は、事前に公爵家の執事などに振る舞い方を学んでからやってくるが、やはりやりなれていないからか、かなり不格好だったりするものだ。

けれどこの少女、ミラにはそういったものが一切ないのだ。

ただ、スチュアート家は辺境の貴族とはいえ、貴族の末席に入る存在だ。

それを考えると実家でしっかりと学んだのかもしれない。

そんなことを思ったアルベルトにミラは静かに顔を上げ、そしてアルベルトの目を見た。

「ローゼン公爵閣下。初めまして。スチュアート男爵家のミラと申します。どうぞよろしくお願いいたします」

声にも全く震えなどない。

これはひどく度胸が据わっているか、それともただの馬鹿か……いや。

後者であれば、もっと違った振る舞いになるだろう。

これは我が娘ながら、面白い人間と友人になったものだな、と思ったアルベルトは言う。

「うむ……して、ミラよ」

「はい」

「今回、お前のお陰で我が騎士、セシリオ達が命を救われたと聞いた。その時のことについて、細かく話を聞きたいのだが、構わないか？」

「もちろんでございます、閣下」

頷くミラ。

アルベルトは続ける。

「では……まず、今回捕縛したあの刺客だが……誰が捕縛したのか？」

色々と聞き出し方は考えてみたものの、結局すんなりと本題に入ることにした。

しかし、それはあまりいい手ではなかったらしい。

ミラは、

「私でございます」

そう答えたからだ。

これに困惑したアルベルトは言う。

「いや、そうではなく……」

アルベルトは続ける言葉を少し迷う。

なぜか。

それは、貴族というものが、家臣の力も自分の力として考えるのが普通だからだ。

たとえばアルベルトが領地を富ませた場合、それには多くの家臣が関わって、アルベルト自身は全体の指示をしただけになるが、このとき他人から、誰が領地を富ませたのかと聞かれたら自分であると答えることになる。

ミラも、そういう意味で答えているのだろうと思ったのだ。

そしてここで変に、お前ではなくお前の家臣の力だろう、と言ってしまうと、それは家自体を馬鹿にしたことになってしまいかねない。

お前の家が凄《すご》いのではなく、家臣個人の力があったからだろうという言い方になりかねないからだ。

もちろん、ローゼン公爵であるアルベルトが、男爵令嬢に過ぎないミラにそういう言い方をしたところで大きな問題になどなりえないのだが、アルベルトとしてはその辺りについては出来る限り気を遣いたいところだった。

公爵とはいえ将来、何に足をすくわれるか分からないのだから、その可能性は最初から排除しておきたいという意味で。

そんな風に苦悩するアルベルトに、助け船を出したのは意外にもセシリオだった。

「あの……閣下。発言をお許しいただけますでしょうか」

「ん？　構わないが……何だ？」

「閣下は、その娘……ミラ殿自身があの刺客を捕縛したとは思っておられないようですが、以前ご報告した通り、それは正真正銘、ミラ殿自身の力で行われたことです」

「何？　しかし……」

「いえ、私も実際に目で見たわけではないのですが、先日の格好には汚れがありましたから。ほんの少しですが、返り血がついていて……」

「……なるほど。自らの手でやらなければそうはならないと？」

「そういうことになります。私からはそれだけです」

「そうか……ミラよ。今の話は事実か？」

「はい。といっても、あの黒装束を気絶させたときのものではないのですが……」

「ほう？」

確かに、刺客には意外にも大した外傷はなかった。

古傷などは大量にあったものの、直近でつけられたと思《おぼ》しきものは見つからなかったくらいだ。

今はそんなことも言っていられないような体になってしまってはいるが、少なくとも引き渡された時にはそうだったのだ。

アルベルトはミラに尋ねる。

「ではいつの時のものか？」

「あの者の歯を無理矢理抜いた時のものですね」

「ん？」


聞き間違いかと思った。

それくらい意外な言葉だった。

けれどミラは気負った様子もなく続ける。

「もう既に拷問などはなされたでしょうから聞き出されたかと思いますが、あの者は裏稼業の者ですから……つまり、捕まったときのために自殺する手段を持っていました。その対策のために歯を抜いたのです」

「なぜ歯を……いや、分かったぞ。嚙《か》むための毒が仕込まれていたか」

通常ならとてもではないが少女から出る言葉ではないため、少し呆《ほう》けてしまったアルベルトだが、その行動について論理的に考えればすぐに答えは出る。

裏稼業の人間の習性というか、やりそうなことについても。

そういった人間を捕まえたことは一度や二度ではないのだから。

ミラはアルベルトの言葉に頷いて言う。

「その通りです。中々の毒で……バジリスク系のものでしたよ。相当濃縮されていたので、あれを噛めば一瞬で死ぬでしょうし、その上、体も完全に溶解してしまっていた可能性もあります」

「なんと、そのようなものを……ん？　だがおかしいではないか。お前はなぜ、それをバジリスク系の毒だと……？」


聞きながらなるほど、と思ったアルベルトだが、ふと疑問を覚える。

襲いかかってきた黒装束、明らかに怪しくおそらく裏稼業の人間だ、そこまではこの少女でも察することは出来るかもしれない。

兵学校に受かる程度の力はあるから、何かの運の良さで倒すこともゼロとは言えないだろう。

しかし、正しく裏稼業の人間の習性を理解し、自害に対する対策を実行するなど出来るはずがない。

それなのに実際にはやっているのだ。

しかも、その自害方法の詳細まで理解しているようではないか……。

これは、この少女自体が怪しく見えてくるが……。

そんなアルベルトの視線を理解したのかもしれない。

ミラはそこで軽く息を吐いてから言う。

「……閣下。私は実は、非常に薬や毒に詳しいのです。ですから、大抵のものは見れば分かります」

「なぜだ？」

「どこまで私のことをお調べになったか分かりませんが、故郷の村に腕の良い薬師《くすし》がいるのです。そこで薬師としての修行をしてきたものですから……」

「薬と毒は表裏一体と言うからな。筋は通っているが……」

しかしそれは誤魔化すための嘘ではないか、とも考えたアルベルト。

そんなアルベルトにミラは意外なことを言う。


「……《風灯草《ふうとうそう》》」

「なんだと？」

「《風灯草》を以前、お求めになったのではありませんか？」

「お前、なぜそれを……」

自然、眉間が険しくなるアルベルト。

しかしミラはどこか諦めたように続けた。

「あれを提供したのが、私達だからです。あれは辺境でないと中々見つかりませんから……」

「……それはまことか？」

「閣下はこの話について誰にもおっしゃっていないでしょう？　私達が知るには、実際に関わる以外

のです」

「そう、私達です。本当の薬についても。ですが、実際に作ったのは私達でも、レシピを提供したのは私達の師の薬師です。彼女は非常に多才な人物で……こうして兵学校に入れたのも、彼女のお陰なの方法がないことはお分かりかと」

「確かに……ではバーグが提供を受けたというのは」

アルベルトの中で、点と点が繋《つな》がっていく感じがした。

あのような辺境で、なぜ一度に三人も兵学校に優秀な成績で入学できる者が出たのか。

それなりの腕の騎士ですら勝てない相手に勝利してしまえるような腕を十三歳ほどの年齢で持っているのか。

それはやはり、素晴らしい師がいたからなのだと。

そして彼女は更に言えば、娘の恩人でもあるのだと。

であれば……。

「それほどの人物なのか……では、いずれご挨拶に伺いたく思うが……」

思わずそう言ったアルベルトに、ミラは慌てた様子で言った。

「それはどうか、ご容赦ください」

「なぜだ？」

「閣下なら、既に彼女がどれほど得がたい人物かご理解されていると思います。そしてそうであるということは……」

ここまで言われて、アルベルトはなるほど、と思う。

つまりはそういうことなのだと。

「喧噪を好まれぬ方……隠者というわけか」

「はい。申し訳ないですが……ただ、どうしても以前のような薬などを入手したい、とお考えになる機会がありましたら、私の方で連絡を取ることは可能です」

「それは……本当か？」

「はい。ただ、今申し上げたような偏屈な人です。失礼ながら、たとえ閣下に頼まれたとて、全てに従うかと言われると……」

「ははは、なるほど隠者殿らしい。分かった。本当にどうしようもないとき以外は、頼らないことにしよう」

「その代わりと言ってはなんですが……私のことは便利にお使いいただければと」

ここで意外な提案がミラからなされる。

アルベルトは首を傾げる。

「お前を……使うとは？」

「私は薬師としての腕は師には及びませんが、その代わりに同世代と比べて少しばかり、変わった武術を身につけております。ですので……学校などにおいて、お嬢様の護衛の真似事くらいは出来るのではないかと」

「ふむ……それは願ってもないことだが、お前はそれでいいのか？　私が心配することではないかもしれぬが、お前は学生だ。学業などあるだろうに」

「無理のない範囲で、と申し上げますと不敬かもしれませんが……その場合には私一人ではなく、同じことの出来る私の幼なじみのアルカ、そしてジュードという人間がおります。三人で見ていれば、よほどのことがない限りは問題ないかと」


面白い提案だ、とアルベルトは思った。

加えて非常に都合のいい話だとも。

エミリアの学校での扱いについては実のところ難しい部分があった。

幹部兵学校は内部においては兵士としての階級のみがあり、本来の身分についてはあまり重視しない教育方針を掲げている。

つまり、兵士見習いでしかないエミリアに、学校内で護衛を大っぴらにつけることは出来ない。

もちろん、そういう扱いを高位貴族にしても問題ないというだけのセキュリティがあの学校にはあるからだが、それ以上に一人の騎士・兵士としてやっていくのであれば自分の身くらい自分で守れという意味でもある。

そのため、せいぜい遠くから見守る、町に出るときは密かに護衛をつける。

それくらいしか出来ていなかった。

けれどミラ達三人がその役目を担ってくれるというのであれば……これ以上都合の良いことはない。

しかも、今回アルベルトはミラ達の秘密を握ったことになる。

それを使って脅そうなどとは思っていないものの、それを秘密にする代わりに、ということでミラが提案してきたのだろうというのはなんとなく理解できた。

そこまで考えて、アルベルトは素直に頼むことにした。

ただ、それだけではあまりにも礼を失しているとも思ったため、ミラに言う。


「私としても、そうしてもらえると助かる。だが、何も知らぬお前達に命をかけろとまでは言えぬ」

「何も知らぬ、とは？」

首を傾げるミラに、アルベルトは続けた。

「エミリアについて、どのくらいのことを知っている？」

「申し訳ないのですが、まだ知り合って日が浅く、誰でも知っているようなことしか……」

「で、あろうな。まぁそれはいいのだ。そうではなく、娘の置かれている状況だな。説明せずともなんとなく想像のつく部分はあろうが……」

「先日のことを考えますと、何者かに狙われている、ということでしょうか？」

「その通り。そのため、今後も同じようなことが頻発するかもしれぬ。お前はそれでも、あの子を守ってくれるというのか？」

別に断られたらそれはそれで構わない。

そうなったときは別の手段を用意するだけだからだ。

幸い、学校内にもそれなりの伝手《つて》はあるから、それを活用すれば今よりも守りを固めることは出来るだろう。

そう思って言ったアルベルトだったが、ミラは言った。

「もちろんです。それくらいのことは想定済みだったので……ただ、誰に狙われているか、もしくはあの黒装束達の正体が分かっていると話が早くていいのですが」

「話だと？」

「はい。このような場合、根元から絶つのが最も効率的だと、私は師から学びました。ですから、どちらかが分かるのであれば……」

「根元から絶つと？　ははは……お前は面白いことを言う。だが、それは正しい。ただそれはこちらでやること。お前達にはあくまでもエミリアの護衛の方を頼みたい」

刺客の組織や依頼主をどうにかする、それは確かに最も単純な解決方法で、出来るならばそうした方が良い。

けれど、アルベルトはそんなことをこの少女が出来るとは当然、考えなかった。

もちろん、最初とはかなり印象が変わっている。

だが、あくまでも一般的なこの年齢の少女の枠から多少、逸脱している。加えて薬師方面に関しては天才的なのかもしれない、その程度だ。

だからこそ、アルベルトは言う。

「あぁ、そうだ」

「なんでしょう?」

「お前達にエミリアの護衛を頼むのはいいのだが……その前に、実力を知っておきたい。どの程度の脅威まで対応できるか、分かっておいた方がこちらとしてもやるべきことがはっきりするのでな」

「それはその通りですが……どのような方法で、でしょうか?」

「色々考えられるが……やはり最も簡単なもので頼みたい」

「簡単なものですか?」

首を傾げるミラに、アルベルトは言った。

「そう……つまりは、模擬戦だよ。幸い、もう少ししたら我が家に珍しい人物がやってくるのでな。彼女と戦ってもらおう」

「それは構いませんが……本日は私一人しかここにおりません。アルカとジュードについてはいいのでしょうか?」

「その二人についてもいずれ見たいが、お前の実力を早めに見たいのでな」

「そういうことでしたら、喜んで」

「……閣下。これはどういうことでしょうか？」

ローゼン公爵館。

その中庭に存在する練武場で、簡易的な練習用の鎧《よろい》を纏った女性がアルベルトに微妙な視線を向けてくる。

彼女の名前はアンジェラ・カース。

この国、サイレン王国において最強との呼び声高い騎士である。

「どういうもこういうも、簡単な話だ。あの少女の実力を見たくてな。ちょうどいい相手にお前が来たまでだ」

アルベルトの言葉を聞いたアンジェラは、少し呆れるものの、相手を見て納得もした。

「ちょうどいいって……でも、分からないことはないですけどね」

無理難題を言っている、と自分でも分かってはいるアルベルトだったから、アンジェラのその言い方は少し意外だった。

首を傾げて尋ねる。

「どういう意味だ？」

「どういうも……あの子、ミラでしょう？　試験の時に私はあの子と戦っていますので……」

アンジェラは思い出す。

試験の時のミラの腕前を。

そして、わずかな違和感を。

あの戦い方を、自分はよく知っている気がしたのだ。

ずっと昔に、何度も……？

そんなことを考えていると、アルベルトが、

「ほう、そうだったか。で、実力はどうだった？」

そう尋ねてきたので思考を一旦やめ、返答する。

「既に一級品ですよ。今すぐ騎士になったとしても十分に使えます。もちろん、剣の腕に限ってですが。魔術の方は……どうなのか分かりませんけど」

魔術ですら一級品ならば、それは恐ろしいことだ。

掛け値なしにいますぐに騎士になれる。

しかし流石にそんなことはないのではないか、とアンジェラは思うも、同時にミラならやりかねないとも予感していた。

なぜか。

その理由は……そう。

理由はあの娘が……いや、そんなはずはないのだが……。

「……それほどなのか」


思わずうなったアルベルトだった。

アルベルトも武術・魔術は嗜《たしな》んでいる。

有事の時には剣を持って前線に向かうのが貴族の本務だからだ。

そのアルベルトから見て、確かにミラはそれなりの腕は持っているようには見えた。

けれど、アンジェラが、あの英雄がそこまで評価するほどとは見抜けなかった。

そんなアルベルトに、アンジェラは苦笑して言う。


「あれほどの逸材が一体どこに隠れていたものかと何度も思いましたがね。いずれ学校の授業でまた模擬戦を行うことを楽しみにしていましたが……その前に、その機会がやってきたようです。ところでお聞きしたいのですが、閣下。ここはどの程度の損壊まで耐えられるでしょうか？」

そう、逸材だ。

どこかに隠れていた？

それはありうるかもしれないとアンジェラは思った。

あの戦い方を、誰かに学んだとかならばと。

しかし弟子がいるなどついぞ聞いた覚えがなかった。

もしや奴は生きているのだろうか？

いや、そんなはずはない。

確かにこの手で……だが、本気で戦えば分かるものもあるだろう。

試験の時は、やはりかなり手を抜いていた。

だが、今回はその心根まで明らかにするつもりでやれば……。

そして尋ねるのだ。

あの子に、師のいる場所を。

そうすれば、分かるはずだ。

楽しみになってきた。

そんなアンジェラとは反対に、渋い顔で言うアルベルト。

「……館を破壊する気か？」

アルベルトはアンジェラが本気になれば、こんなところは十秒も持たずに更地になることを知っている。

だから、そんなことは冗談でも止《や》めて欲しい。

そう思っての言葉だったが、アンジェラは首を横に振って言う。

「私はするつもりはないのですが……あの子がどうも、闘志に満ちているように見えるものですから。周囲の騎士達には気をつけるように言ってください。閣下もお怪我《けが》をされないようにどうかあまり近づかれませんよう」


そう言ってゆっくりと練武場の中心に歩いていくアンジェラ。

もちろん、嘘だ。

アンジェラもまた、たぎっている。

何か、予感のようなものがあるからだ。

今日、この戦いで何かが決定的に変わってしまう。

そんな予感が。

そして辿り着いた中心、アンジェラの対面には同じような練習用の武具を纏ったミラが既にいる。

二人の構えを見ると、両者には筆舌に尽くしがたい圧力のようなものが宿っているように感じられた。

この戦いに何があるのかは分からない。

ただ分かっているのは……。

アルベルトは呟く。

「……どうも私は恐ろしい提案をしてしまったのかもしれん」

その言葉が事実になることをこのときの彼は知らなかった。

「やぁ、また会ったな」

アンジェラが目の前の人物……ミラにそう話しかけると、彼女もまた微笑《ほほえ》んだ。

「ええ、そうですね。確か、アンジェラさんでしたか？」

「あぁ。アンジェラ・カースという。それなりに名前が知られているつもりなんだが、知らなかったか？」

「いえ、聞いたことはありますよ。ただ詳しくは知らないんです。田舎の村の出身なので。なんでも英雄さんだとか」

詳しくないと言うが、どうやらそれなりの情報は知っているらしい。

それでいて気負いがなさそうなところが器の大きさを感じさせる。

自然とアンジェラの木剣の握りが固くなる。

どうやら自分はこの模擬戦を楽しみにしているようだ、とそれで気づいた。

自分と対等にやり合える者は滅多におらず、いても気軽に模擬戦など出来るような立場ではない。

かといって下の者は英雄アンジェラという名前の前に怯《おび》え、戦う前から戦意がなくなってしまっている場合がほとんど。

そのような状況で、アンジェラは自然と自分自身が模擬戦をするということが少なくなっていった。

指導するときはあくまで客観的な立場に立って助言する。

実際に剣を合わせて叩きのめすと、それで折れてしまう者ばかりだから。

才能が違うのだと言って。

けれど、このミラにはそのような手心を加える必要がなさそうなのが面白かった。

アンジェラの想像通りの人物に学んでいるのならば、なおのこと問題はないだろう。

彼女は強かった。

アンジェラと間違いなく対等、いやそれ以上の腕を持っていた。

最後の戦いは……おそらく、運が自分に味方しただけだ。

とはいえ、あまりやりすぎてもというのはあるが……。

「英雄と言うが、現実にはそんなに大層なものではないよ。たまたま戦場で生き残った回数が多い程度だ」

「普通はアンジェラさんほど戦場に行けば生き残れないことを考えれば、それだけでも英雄と呼ばれるに足りると思いますけどね」

「そうかな？　私など……」

そう言って首をゆっくり横に振ったアンジェラに、ミラは唐突に爆弾を投げ込むようなことを言う。

「そういえば、そんなアンジェラさんが戦場で見《まみ》えた方で最も強かったのは誰でしたか？」

「……ふむ」

それは、周囲には何の変哲もない質問のように響いた。

公爵も、周りで見ている騎士や使用人達にも、ただの質問にしか聞こえなかっただろう。

けれどアンジェラはこの質問に、意味を感じた。

それはミラの目に輝く、何かを面白がっているような雰囲気に気づいたからだ。

この質問には、意味がある。

そしてそうであるならば、それが何を意味するかはアンジェラにとって明白と言えた。

「そうだな。一人いるが……彼女のことは余人には話すつもりはないのだ」

「どうしてですか？」

「色々理由はあるのだが……まぁ、私の一番いい戦いの思い出だからかな。大切にしたい記憶というやつだ」

実際には彼女、つまりは《万象》のミラ・スケイルの名前は国家機密だ。

国の上層部や、裏の世界では広く知られていた最強の暗殺者の名前だが、表ではほとんど聞かれることはなかった。

知っている者も、口にすることさえ避けたということでもある。

だから、彼女の死についても、彼女とアンジェラの死闘についても、他人にそうそう話すことは出来ない。

話したところでそれは《なかったこと》になっているので、意味がないとも言える。

ただ、アンジェラは覚えていた。

彼女との戦い、そして最後の台詞《せりふ》も。

一体何を考えて彼女はあのような職業に就き、そして死んでいったのか。

それを知ることが出来なかったことが、未《いま》だに心残りで。

だから目の前の、彼女と同じ名前を持つ、もしかしたら彼女の弟子かもしれない存在に心のどこかで執着に似たような感情を覚えているのかもしれない。

本当はもしかしたら全て気のせいかもしれないというのに。

いや、もしかしたら、などではなく、その可能性の方が高い。

それでも期待してしまうのは、ミラの持っている雰囲気が、懐かしいものと。

あの頃何度となく見えた彼女のものと、ひどく似ているからだ……。

そんなアンジェラの気持ちを知ってか知らずか、ミラは苦笑し、

「まるで恋をしているように言うのですね」

「恋？　恋か……もしかしたらそうなのかもしれん。未だに独り身なのは、そのせいかもな」

「おや、その辺りについては知りませんで……申し訳ないです」

ここについては素直に謝ったミラ。

アンジェラの地位はほとんどがその腕っ節により築かれたものだが、一応貴族であり、そして国で名を知らぬ者のいない戦士であるために、子供を作ることが期待されている。

武術や魔術の腕前は遺伝すると考えられているからだ。

アンジェラの子供ならば、間違いなく次代の国を担うような傑物になると期待されているからだ。

そのために、縁談の類も数多く持ち込まれてくるのだが、アンジェラはその全てを、今まで断ってきた。

なぜかその気にならなかった、というのが今までの感覚だったが、そう。

今、ミラに指摘されたように、自分は自分が倒してしまった好敵手《ライバル》であるミラに、恋に似たような感情を覚えているのかもしれない。

ただ、似ていると言っても男女の単純な色恋とは異なる、もっと血なまぐさいものに彩られた複雑な感情であるが。

怒りや憎しみ、嫉妬に塗《まみ》れた何か、という意味で恋に近いというだけに過ぎない。

だからアンジェラは言う。

「いや、構わない。むしろ面白いことに気づかせてくれてありがたい。お礼として、この戦いでは本気を出そうじゃないか」

「……それはお礼と言えるのでしょうか？　私としては公爵閣下に腕前をある程度見せられればそれで構わないので、適度に手加減してくれた方がありがたく思います」

「抜かせ。その表情はそんなことを言ってはいないぞ」

実際、ミラから立ち上る雰囲気は、なあなあの戦いで済まそう、などというものではなかった。

それ以上の……相手をねじ伏せてやろうという気概。

そういうものが感じられた。

国でも最強格の一人と言われるアンジェラ相手に、それほどの気持ちを持てる人間などどれほどいるだろうか。

「そうですか？　でも、それは戦ってみれば分かることですから……」

「ふふ、いいだろう。よし……では審判、頼む」

少し離れた位置にいる騎士の一人に、アンジェラがそう言った。

騎士は、

「では、お二人ともよろしいですね？」

そう言ったので、アンジェラもミラもそれに頷いた。

「それでは試合……始め!!」

騎士の開始の合図とともに、二人とも動き出す。

アンジェラは大剣、ミラは短剣を二本という、あまり見られない組み合わせだ。

特にミラの短剣というのは、アンジェラ相手にはあまりにも厳しすぎる選択に思われた。

けれど……。

「……なるほど、入学試験の時にも思ったが、短剣術をかなり鍛え上げているな」

初撃は同時にぶつかり合い、鍔迫《つばぜ》り合《あ》いになった。

大剣を振り下ろそうとするアンジェラに対し、ミラが二本の短剣をうまく扱い、ギリギリと受けている。

体勢的にはミラの方が力負けしそうに見えるが、意外にもそうはなっていなかった。

「それなりですよ、それなり」

「ここから受け流して私の首を狙おうとしているくせに何を言うか……ッ！」

「あはは、バレました？」

言うと同時に、ミラは短剣のバランスを崩し、アンジェラの大剣を横に流す。

そしてそのままの勢いでアンジェラの首を狙うが……。

「ふんっ！」

アンジェラはすぐに大剣を引き戻して横薙《よこな》ぎにしたため、ミラは距離を取った。

「やっぱりだめだったかぁ」

あっけらかんとした口調でそう言うミラに、アンジェラは言う。

「小手調べはこの辺で十分だろう。そろそろ本気を出せ」

「別に手加減してるつもりはないんですけどね？」

「この私相手に、魔術も使わずにか？」

「魔術は、使ってますよ」

「何っ……くっ！」

その瞬間、アンジェラの目の前にいたはずのミラの姿が陽炎《かげろう》のように消え去り、突然背後に気配を感じて振り返る。

するとそこには短剣を振りかぶるミラの姿があった。

「おっと、これも気づくかぁ」

軽口を言いながらも動きには一切の揺れがなく、短剣の狙いも正確だ。

それをどうにかアンジェラは大剣で受けるも、ミラは両手の短剣を器用に使い、攻めてくる。

「ほら、そんなんじゃ私、勝っちゃいますよ？」

「まだ、まだっ……!!」

「余裕はなさそうですけど、身体強化も使わずにそれなんですから……呆れちゃいますよ。でも少しギアを上げましょうか」

そう言ったミラの体から、魔力が吹き上がる。

ここまででも既に身体強化はかかっていたようだが、そのレベルが上がったとアンジェラは感じた。

対してアンジェラは身体強化はかけていなかった。

十三歳ほどの若者相手にそんなものを使うのは少しばかりプライドが許さなかったというのもあるが、それでもやれるだろうという感覚があったためだ。

少なくとも、入学試験の時に見た身体能力のレベルだと、アンジェラなら十分に対応できる程度だった。

けれど、ギアを上げると言ったミラの動きはその予想を遥《はる》かに超えてきた。

「やはり手加減をしていたようだな」

アンジェラはそう言いながら、自らも身体強化を使う。

世界がそれによって速度を緩め、見えなかったミラの細かな動きも見えるようになる。

ゆっくりとアンジェラに振り下ろされようとする短剣。

それを大剣で弾くべく動くアンジェラ。

しかし、ふと、ミラの口元が目に入った。

それは僅かな違和感だった。

けれど確かに、口の端が上がっている。

これは……罠《わな》か！

そう思って大剣を引くと、ミラの動きがさらに一段階上がり、短剣が軌道を変えてきた。

アンジェラはそれを避《よ》けて距離を取ろうとするも、ミラはまるで吸い付いてくるように距離を取らせない。

短剣であるが故に、距離を取られれば不利であることを良く理解した戦い方だ。

だが……。

「……風結界《アヴィール・カメア》！」

アンジェラは神聖魔術により、自らの周囲に空気の壁を作り出す。

ミラは強力な風圧によってアンジェラから距離を取らされることになった。

けれど、そこでミラは諦めることはせず、地面を思い切り踏み切り、風の壁を乗り越えようと向かってくる。

その表情はまるで獰猛《どうもう》な獅子《しし》のようで、恐ろしさを感じさせた。

あれほどに恐れを知らない戦士を、アンジェラは久しぶりに見た気がした。

考えてみると、それに対してアンジェラ自身は距離を取らせて出方を見ているだけだ。

それは年長者として正しい態度ではあろうが、戦士としてはどうだろうか。

それよりも、ただ真正面からぶつかってみるのも、たまにはいいのかもしれない。

そう思ったアンジェラは、風の壁を消し去り、構えて言う。

「いいだろう……来い！」

そして、ミラとアンジェラが交差した。

停止した二人。

その体勢を見た審判の騎士が、叫ぶ。

「……引き分け！　引き分けです!!」

ミラの開かれた瞳の前に、アンジェラの大剣が突きつけられていた。

そしてアンジェラの首、そのほんの数ミリ先には、ミラの短剣が突きつけられている。

これは誰がどう見ても……というわけである。

「これで終わりか。思ったよりあっけない幕引きになってしまったが……」

アンジェラがそう呟きながら剣を下げると、ミラも短剣を引きながら言う。

「そうですね……でも、何か思うところはあったのでは？」

そう意味深なことを言った。

「君は……なぁ、ミラ。あとで少し話せないだろうか。君に聞きたいことがある」

「構いませんよ」

それから二人で、公爵の下に行くと、彼は満足そうな表情をしていた。

「良い試合だった。まさかアンジェラと互角に戦うとは……もちろん、アンジェラの方は手加減していたのだろうが、それでもここまで戦える者はそうそうおるまい。学校でのエミリアの護衛としては十分な実力だ」

「そう言っていただけると嬉《うれ》しいです。閣下」

「うむ。アンジェラはミラのことをどう見た？」

これにアンジェラはどう答えたものか迷う。

全力を出していない、そういう意味ではアンジェラが手加減したというのは正しい。

けれどそれについてはミラもそうであろうと思われた。

とはいえ、ミラの本当の本気というのは街中にある屋敷の中庭程度で見られるものではないのだろう。

それについてはアンジェラも同様だ。

こんなところで本気を出しては、それこそ屋敷ごと灰燼《かいじん》に帰《き》してしまうからだ。

ただ、そうならない程度に身体強化などをして、技術的な部分を見られたという意味では全くの手加減というわけではない。

そういう観点から言えば……。

「この年齢でよくここまで短剣術を磨いたものだと感心しました。今回はさほど見られませんでしたが、身体強化についても安定してコントロールしていましたし。ご息女の護衛を任されるのであれば、それこそ十分な腕前かと。もちろん、私も学校関係者として、ご息女の安全には気を遣うつもりではおりますが……」

「いや、すまない。学校の安全対策について信用していないというわけではないのだ。ただ、色々とな……まぁ、アンジェラからもそのように評価される人材が近くにいるのであればある程度の安心は得られるだろう。それで十分だ。ではミラ。後ほど細かい話を詰めさせてもらってもいいか？　エミリアにも話さなければならぬだろうし」

「はい、承知しました。ただ、それならばエミリアにも一緒にいてもらった方がいいと思いますが……無断ですと、怒りそうな気がしますし」

この指摘に公爵は、

「む、確かにそうかもしれぬ……ミラのことは友人だと考えているようだし、そのミラを護衛という危険に巻き込むなと言いそうだな。その辺りはうまく言い含めたいが……ミラ、協力してくれるか？」

「もちろんです」

「では、エミリアを呼びにいかせる。それまでは……少し待ってもらえるか？」

「承知しました……あ、それならばどこかの部屋を貸していただけませんか？　アンジェラさんと先ほどの試合の内容について話したいので」

「構わないとも。では、エミリアが到着次第、呼びに行かせる……では後でな」

そして、使用人がミラとアンジェラを客室に案内してくれる。

使用人がお茶を出し、そのまま部屋を出ていった後、アンジェラが口を開いた。

「それで、だ。聞きたいことなのだが……」

「はい」

「君の師匠についてだ」

「師匠、ですか？」

「あぁ、もしかして、ミラ・スケイルというのではないかと……」

おずおずとした様子でそう口にしたアンジェラだったが、これを聞いたミラの反応は意外なものだった。

「私の師匠が、ミラ・スケイル、ですか……？　ふっふふ……あははは……あっはっは！」

急に笑い出したミラに、アンジェラは困惑する。

「どこか……面白かったか？」

それほど笑えることは言っていないつもりである。

ミラ・スケイルの名前も世には知られていないはずだし、何も関係が無いのなら笑うこともないだろう。

関係者だとしたら……いや、それでもこの反応はないのではないだろうか？

別に師匠ではないというのならただ否定すればそれでいいだけだろうし、一体どういうことだ？

アンジェラがそう思ったのも無理はない。

けれどミラから見れば、アンジェラの言葉は面白い以外の何物でもなかった。

なぜかと言えば、ミラ・スケイルはミラの師匠などではなく、ミラ自身のことに他ならないからだ。

なぜアンジェラがこのような結論に至ったのか、想像できないではなかったが、それでもなんとなく面白くなってしまって、笑いがこみ上げてきたのだった。

一通り笑ったミラは、アンジェラに向き直って、言う。

「ご、ごめんなさい……なんだか面白くなってしまって」

「だから、なぜそんな……」

「私の師匠が、ミラ・スケイルだなんて言うものですから」

「では君は……ミラ・スケイルなどという人物は知らないということか？」

「それも違いますね……知ってますよ。よく、知っています。誰よりも……」

「じゃあ、やはり……」

前のめりになって尋ねてくるアンジェラに、ミラは首を横に振った。

「それでも師匠ではないですよ」

「だったら、なんだというのだ……」

「言っても構わないのですが……アンジェラさんは信じないだろうと思うので、どうしたものかと」

「私が信じないだと？　それほどの秘密があるというのか」

「ええ、まぁ……。正直なところ、私もどうしてこんなことになったのか、自分でも分かっていないもので」

「……はて。一体どういう意味なのか、皆目見当がつかん……」

「そうでしょうとも。ええと、ではまず、アンジェラさんが思ったことを聞かせてもらえますか？」

「私のだと？」

「その方が、多分理解しやすいと思うので。なぜ私の師匠がミラ・スケイルだと？」

「それは……ミラ、君の戦い方が、まるで彼女の生き写しのようだからだ。もちろん、魔力量や身体強化の強度、それに殺意の有無など異なるところも沢山あるが、やはり彼女と君の戦い方はそっくりだった。尋ねたな、私が戦場で見えた最も強い戦士は誰かと。それこそがミラ・スケイルで……ただ、彼女は死んだ。私がこの手で殺したのだ。そしてだからこそ、誰よりも記憶に残っている……」

そう言ったアンジェラの表情には後悔の色があった。

これはミラにとって不思議だった。

敵味方だったのだから、当然、殺し合っていたのであり、その結果ああいうことになっても恨《うら》み辛《つら》みなど何一つないからだ。

仮にミラがアンジェラを殺していたとしても、後悔など浮かばなかっただろう。

少しの寂しさくらいはあっただろうけれど。

「そうですか……。話してくれてありがとうございます」

「いや……。だが、そんな話に一体何の意味が……」

「アンジェラさんのお話は、私の記憶と違わないので、やっぱりあれはあったことなのだろう、と確認が取れたのです」

「……何を言っている？」

「思い出します。あの時の戦いは……いいものでした。お互いに全力を出してやりましたね。最後は結局、私が負けてしまいましたけれど……清々《すがすが》しい最期でした。星が綺麗《きれい》な夜でした……ねぇ、アンジェラさん？」

そう言って笑うミラ。

けれど、アンジェラはそんなミラを見て、戦慄していた。

ミラはアンジェラに続ける。

「手が、剣に伸びていますよ？」

そこではっとするアンジェラ。

無意識の行動で、手を下げる。

しかし、警戒は怠る気になれなかった。

その上で、うめくように言った。

「お前は……まさか。そんなはずはない……」

「何が、ですか？　しっかり言葉にしてください」

「……いいだろう。はっきりと、言おう……」

そして、アンジェラはその言葉を言った。


――お前は、お前こそが、ミラ・スケイルなのか？

それに対してミラは、今までその顔に浮かんでいた笑みを、かつての邪悪なそれに変えることで返答したのだった。

第6章　奇妙な協力

「どうなっているんだ！」

――ガンッ!!

と、思い切り椅子が蹴られる。

そこはとある貴族の屋敷だった。

椅子を蹴った人物……小太りの中年男性が、イライラした様子でせわしなく歩き回る。

そんな彼の前には、黒装束を身に纏《まと》った剣呑《けんのん》な気配を漂わせる人物が二人。

もしも彼らをミラが見たら、あの逃げた二人ね、と言っていることだろう。

「誠に申し訳なく存じます。しかし、今回はイレギュラーが発生しました」

黒装束の内の一人が、そう口にする。

小太りの男が足を止め、ギロリと血走った目で見つめた。

「どういうことだ」

「向こうに、非常に腕の立つ護衛がおりました。これは事前情報と異なります」

「腕の立つ護衛だと？　それについては伝えてあったはずだ。ローゼン公爵騎士団の副騎士団長が御者をしていると……」

「いえ、彼についてはいずれ引き離す当てがありました。そのため、問題になったのは彼ではありません」

「なんだと？　他にも護衛が？　しかしローゼンのところは今、手が足りてない状態だ。団長まで出せるような余裕はない。他にも戦力など……《影》でも飼っているのか？　ううむ……」

悩む中年の男に、黒装束は言う。

「今のところ、その正体は分かっておりません。調査いたしますか？」

「いたしますか、だと？　お前達の仕事は……」

「あくまでも、我々にご依頼されたのは、あの場所でのエミリア嬢の略取だったはずです。そして、そのために必要な相手方の戦力などの情報については、そちら側で調べるとの条件でした。もちろん、こちらでも最低限のことは下見し、調べましたが……裏を取るほどの必要はないとおっしゃったのは……」

そちらではないか、という表情で黒装束は男をにらむ。

この視線には軽い殺気が籠もっていて、男は冷や汗をかく。

「そ、それは……すまない。そうだったな。言いがかりだった。今回の失敗はこちらの責任だ……だが、そのような手練《てだ》れが相手にいるようでは、もはや計画は難しいか？」

意外にも、中年男は下手に出て尋ねる。

どうにも、明確な上下関係があるというわけではないということがそれで分かる。

あくまでも依頼主とその相手、という対等な関係だということが。

しかし、健全なそれでもないことも同時に分かる。

男が依頼しているのは、大貴族の娘の誘拐だ。

こんな依頼を受ける人間など、まともな職業であるはずがないのだから。

けれど、そんな職業に身を落としている黒装束は答える。

「いいえ。調査までご依頼されるのであれば、万難を排してでも」

「それで失敗した場合は？」

「その時は、貴方様《あなた》が依頼料を支払われる必要はございません。また、秘密の漏洩《ろうえい》についてですが、我々はいざというときは皆、その場での死を覚悟しております。今回、同胞が一人標的の手に落ちましたが、既に死亡しているはずです」

淡々と語るが、凄絶な覚悟に中年男は目を見開く。

いくら裏稼業の者と言っても、そこまでのことを本当に行える者は滅多にいない。

ほとんどの者が、自分の命が危うくなれば逃げるものだ。

それを……。

どうやら、自分はいい取引相手と契約できているらしいと、男は満足した。

男は頷《うなず》いて、黒装束に言う。

「そういうことなら、こちらから言うことはない。契約についても継続だ……あぁ、調査分も追加してな。追加分の支払いは以前と同様、規定の方法での半分前金ということでいいか?」

「そうしていただければ。もしもの場合の返金は、《組織》を通して行われますので、ご安心ください。それでは、早速仕事に取り組ませていただきます」

「よろしく頼む」

男がそう言った瞬間、黒装束達は霞《かすみ》のように消えた。

口にした通り、仕事に向かった、ということだろう。

「恐ろしい奴《やつ》らよ」

ぽつり、とこぼした中年男。

部屋の扉が開き、そこから執事風の男が台車を押しながら入ってくる。

台車の上には、ワインや軽食が載っていた。

「彼らが《闇の手》の者ですか」

男が依頼したのは《闇の手》という名の裏組織で、暗殺や誘拐などを専門とする特別な者達だった。

その依頼成功率は非常に高く、大っぴらには語られないものの、多くの高位貴族が存在を知っていた。

実際に依頼する者がどれだけいるかは中年男には分からないが。

「あぁ。腕はあのように確かだ。次こそは成功させてくれるはずだ」

「旦那様。ですが、相手はローゼン公爵家。このようなことをして、大丈夫なのでしょうか……」

不安そうな執事に、中年男……ブラント男爵は答える。

「いざというときの証拠隠滅まで請け負ってくれるようだからな。それに、もしバレても、我らには後ろ盾がある。クラックス公爵という後ろ盾がな」

「……切り捨てられるのでは？」

「そんなことをすれば、私があることないこと喋《しゃべ》り倒すくらいのことは分かっておられるはずだ。我々は、一蓮托生《いちれんたくしょう》なのさ……」

ブラント男爵はそう言って、執事からグラスを受け取り、中に入った血のように赤いワインを味わった。


「……ミラ・スチュアートが、ミラ・スケイルだと？」

その日、アンジェラ・カースはローゼン公爵家の客間のベッドに横になりながら、一人そう呟《つぶや》いていた。

アンジェラの自宅は当然、王都の中にあるのにこのようにローゼン公爵家の客間に厄介になっているのは、今日は泊まっていくようにとローゼン公爵に頼まれたからだ。

その理由は、ミラ・スチュアートにある。

ちなみに、彼女も今日はここに泊まっている。

兵学校にはローゼン公爵自らが許可を取った。
流石《さすが》に公爵からの頼みは兵学校といえども断れるはずもなかった。
それにしても……。
「なんて、馬鹿馬鹿しい話なのだろうか」
つい、そんな言葉が口から出てしまうアンジェラ。
もちろん、それはあの試合直後にミラ・スチュアートが肯定したことに対してだ。
自分はミラ・スケイルだと。
直接尋ねたのはアンジェラの方からだが、彼女はそれに笑ったのだ。
あれを肯定以外にどう捉えろというのだろう。
間違いなく、彼女はミラ・スケイル……と思うのだが、常識が邪魔をする。
それに、よくよく考えてみると、彼女はにやりと笑っただけだ。
あの後もう一度改めて尋ねてみたが、その時は……。
「すみません、何をおっしゃってるのか分かりません」
そんな風に否定されてしまった。
そうだ、だから確信が持てない。
けれど彼女の技術は、戦い方は、ミラ・スケイルそのものなのだ……。
やはり、弟子か？
それとも……。

「くそっ……分からん。どうにかして真実を知りたいが……」

もうまともに答えてくれる気はしなかった。

もしも本当にそうなのだとしても、今の彼女の身分からして肯定などしたくないだろう。

大体、それが事実だったとして、何がどうなるのかというのもある。

ミラ・スケイルが生まれ変わって、ミラ・スチュアートになった。

それはつまり、ミラ・スケイルは本当に死んだということだ。

過去に犯した罪を死んで償えと糾弾できるわけでもない。

もう死んだのだから償い終わったとも言える。

だったら、普通の生徒としてこのまま扱えばいいのか？

だがあんな危険人物をそんな風に放置するのは……。

色々な考えが頭の中を行き過ぎる。

けれど答えは全く出なかった。

そんな風に脳内がグルグルとしたとき。

——コンコン。

と扉が叩《たた》かれる音がした。

「なんだ？」

尋ねると、メイドの声が聞こえた。

「アンジェラ様。旦那様がお呼びです。共に晩餐《ばんさん》はどうかと」

「あぁ、ご一緒するとお伝えしてくれ」

「承知いたしました。それと、伝言が」

「聞こう」

「晩餐にはミラ様も同席するとのことです。それでは」

「え、あっ……」

なんと答えるか迷っている間に、メイドは行ってしまった。

だが、もうすでに参加すると答えてしまった手前、やっぱりやめると言えるわけもない。

「……仕方ない。腹をくくるか」

そうして、アンジェラは立ち上がり、食堂へと向かったのだった。


「うむ、全員揃《そろ》ったようだ」

ローゼン公爵が食堂でテーブルにつきながら、そう言った。

と言っても、さほどの人数はいない。

ローゼン公爵自身と、アンジェラ、そしてミラしかいなかった。

公爵の娘であるエミリアは寮にいるし、他の家族も領地にいたりで今、屋敷にいるローゼンの人間は彼だけのようだ。

一人で食べる夕食が寂しくて私達を呼んだのだろうか？

ミラはそう思ったが、次の瞬間、ローゼン公爵が口にした言葉でそうではないことを知った。

「では、これから食事ついでに、エミリアの状況について話そう」

つまり、これはただの晩餐ではなく、作戦会議ということだ。

エミリアをこれからどう守るかということについての。

それを理解したミラは言う。

「閣下。それは構わないのですが……」

「ん、なんだ？」

「それでは、私は試験合格ということでよろしいですか？」

これは、アンジェラとの戦いで実力を見てから、エミリアの護衛として採用するか考えるという話だったからこその質問だった。

ローゼン公爵はこれに思い出したかのような表情で答える。

「あぁ、それなら勿論《もちろん》合格だとも。アンジェラとあのような戦いを行える者を、まさか不合格などと言えるはずもあるまい。出来ることなら、兵学校を卒業後はうちにそのまま仕えて欲しいくらいだ。地位も望むものを与えるぞ？」

それは恐ろしいほどに好待遇の扱いだったが、ミラは丁寧に断る。

「閣下、今の私にそれはあまりにも過分です。それに、これからどう生きていくか未《いま》だ定まらぬ身。しばし時間をいただけますよう」

「はっはっは。どうも振られてしまったらしいな……どう思う、アンジェラ」

突然水を向けられたアンジェラは、これに慌てたような表情になる。

「え、いえ……。ミラ……殿は、確かにまだ学生の身分ですから、いきなり引き抜くというのは流石によろしくないのではと……」

「さようか。ま、慣例からも外れておるしな。兵学校の者は、あくまでも卒業間際に関係各所に振り分けられるもの。引き抜くにしてもその辺りにするべきか。しかし、ミラの場合、その頃には取り合いになっていそうだからな……」

これにミラは微笑《ほほえ》み、首を横に振って言う。

「そのようなことは……。それより、エミリアのことです」

「あぁ、すまない。話がずれたな。そう、娘のことだ。知っての通り、エミリアはその命を狙われているようだ。意図的に体調を悪化させるように誘導され、今回に至っては直接的な方法でそれが行われようとした。これは大きな問題だ」

「お察しします」

ミラがそう言った後、アンジェラも同様のことを口にする。

ローゼン公爵は続ける。

「だが、幸いなことに、エミリアはどこにいてもその命を守ってくれる手を得たようだ。ミラ、お前にそれを頼めるな?」

「もちろんです。事前にお伝えした通り、幼なじみの力を借りても?」

「お前が推薦するのだからそれ相応の者だろう。確か、アルカとジュードと言ったな？」

「はい」

「アンジェラはこの二人を知っているか？」

これにアンジェラは頷いて答える。

「はい、存じ上げております。どちらも、入学試験において大変な好成績を収めております」

とはいえ、それはまだ学生のレベルに留《とど》まっていたように思うが、ミラの友人となるとまた違った目で見る必要が出てくるだろう。

アンジェラはミラに尋ねる。


「ミラ。あの二人も実力を隠していると考えて良いのか？」

するとミラは頷いた。

「ええ、全ては出していませんよ。学校でそんなことをすれば浮いてしまいますから。ただ、学年が上がるにつれて徐々に出していくようにとは言っていますが。兵学校を卒業する頃には全てを出して構わないとも」

「なるほど、それがいいだろうな。その方が振り分けられる先もいいものになる」

ローゼン公爵はこの話を聞き、頷きながら言う。

「……その二人も、いずれ引き込まねばな……。ま、それは今はいい。では学校内でのエミリアの安全は、任せたぞ」

「はい。ですが……」

「うむ」

「ずっと守り続けるだけでよろしいのでしょうか？」

「というと？」

「攻撃も、必要なのではないかと思いまして」

これにローゼン公爵はにやりと笑う。

「私がそれを考えていないと思ったか？」

「なるほど、すでに検討済みでしたか。これは差し出がましいことを……」

「いや。これから話そうと思っていたのでな。もちろん、エミリアを守るだけしか手を打たないということはあり得ぬ。なぜなら、いつ終わるともしれない仕事にお前達を振り分け続けるわけにもいかないからな。お前達の本分が学生にあることは分かっている」

「では、早い内に決着をつけるおつもりで？」

ミラの質問に、ローゼン公爵は頷いた。

「あぁ。娘には申し訳ないが、少しばかり囮《おとり》になってもらうしかあるまい。次に襲撃があれば、ミラかアンジェラなら捕縛できるな？」

「勿論です」

ミラに続けてアンジェラも頷く。

「私もです。ただ……」

「ただ？」

「エミリア嬢の心境を考えますと、それでいいのかと。ローゼン公爵ご自身も気が気ではないのでは？」

それは素直な感想だった。

実際、ローゼン公爵はこれに難しい顔をした。

「……その通りだ。だが、他にいい方法はない。ミラが捕らえてくれた者からもそれなりに情報は得られたのだが、核心的なものはなかった。あれは元々そこまでのことを知らないのだろう」

「おそらく、意図的に教えられていなかったのでしょうね。何も知らなければ尋問されても情報の漏れようがありません。襲撃してきた黒装束の者達は三人おりましたが、彼が最も技量が低かったのを考えても、そういう立場だったのでしょう」

ミラがそう答える。

これにローゼン公爵が尋ねた。

「他の者に聞けばまた違うと思うか？」

「少なくともあの中で最も優れていたと思《おぼ》しき者に聞けばとは。もう一度来てくれると非常にありがたいですね」

「それが分かっていて、なぜその者を捕らえなかったのだ？」

ローゼン公爵のその質問は、別に責めるようなものではなく、単純な疑問のようだ。

そのため、ミラも普通に答える。

「私が相手を嘗《な》めていたからです」

「どういう意味だ？」

「最初の一人を挑発するように倒せば、残りも逆上して襲いかかってくるのではないかと予想して動いていました。ですが結果として、相手は私には敵《かな》わないかもしれないと冷静に判断し、迅速に退却しました。通常、暗殺者など褒められたものではないのですが、正直感心しました」

ミラのこの言葉には流石のローゼン公爵も頭を抱えた。

その理由は簡単で、ミラの話の内容から明らかになった事実があるからだ。

それはつまり……。

「言うまでもないが、かなりの手練れだということか……」

「しっかりと教育され、それが骨の髄までしみこんでいるタイプの暗殺者かと」

「なぜお前にそれが分かるのかと尋ねたいが……」

そう、そもそもそんなことがミラに分かることがおかしい。

ミラの経歴については ローゼン公爵も調べたが、何も怪しむところはない。

それなのに、暗殺者やら裏稼業の者やらの技術や思考について詳しすぎる。

「いずれお話出来る機会もあるかもしれませんが、今は……。信用できないのであれば、今回の話はなかったことにしていただいても構いません」

ミラがそう言ったので、ローゼン公爵は慌てて止める。

「いや、そうは言わん。そもそもお前がエミリアをどうこうするつもりなのであれば、今回放置しておけばそれで良かったのだからな……しかし、秘密があることをことさらに隠しはしないのだな？ 薬についてはは村の薬師《くすし》が、などとそれらしいことを言っていたというのに」

「それについては事実ですからね。ただ、他にも色々あるというだけです。もしかしたらアンジェラ先生は色々と分かっておられるかもしれませんが」

そこで話を振られたアンジェラは驚いたように目を見開く。

なぜ、そこで自分のことを話すのかという顔だった。

ローゼン公爵は勿論何も分かっていないから、視線をアンジェラに向ける。

どういう意味だ、という顔つきだ。

けれど、アンジェラにはそれについて説明できることがない。

いや、明確にこうだ、という話はあるのだけれども、そんな話をすれば頭がおかしいのかと思われるだけだということもはっきりしている。

だから、ため息をついてこう言うしかなかった。

「……確かにミラについて、私には色々と思うところがあります。ですが、ローゼン公爵にお話しするには少しばかり、荒唐無稽な話でして……それに私の方にも確信がない話です。いずれ機会があれば、ということでお許しいただけないでしょうか」

これにローゼン公爵は不思議そうな表情をして言う。

「アンジェラがそのように奥歯に物が挟まったような言い方をするのは珍しいな。いや、咎《とが》めたいわけではないから気にするな。これ以上深く尋ねるのも止《や》めよう。もちろん、いずれ話したくなったら、二人とも話してくれて構わんがな」

それにほっとしたような顔になるアンジェラ。

しかし、ローゼン公爵は一つだけ付け加えて尋ねた。

「ただ、これだけは聞いておきたい。ミラは信用して構わないか？」

アンジェラはこの質問に頭を抱えたそうな表情になる。

けれど、少し考えた上で言った。

「……はい。構わないかと。少なくとも、口にしたことを破るような人間ではありません。これだけはっきりとご息女を守ると言っているのですから、そのようにするものと思います」

はっきりとした口調だった。

これにローゼン公爵は頷く。

「よし、分かった。では、エミリアのことはお前達に任せる。私の方でも指示を出しているのは誰か調べるつもりだが、繋《つな》がる線も摑《つか》めていない状況だ。相手からの出方を待った方が早そうだ」


「それで、どうするつもりだ？」

食堂を後にした後、アンジェラがミラに話しかけて自室に招いた。

彼女にはミラに尋ねたいことが沢山あるのだろう。

それも当然で、ミラが自分の正体を匂わせるどころか、ほとんど自白と言っていいほどのことを言ってしまったからだ。

加えて、エミリアについて具体的にどうしていくかという実務的な話もある。

ローゼン公爵ともあの後、細かい話はしたが、大まかには相手の出方を待つという方針でしかない。

現場でのことは、この二人で話し合うしかなかった。

「そうですね、アンジェラ先生としてはどうですか？　今は学校の先生ですけど、そもそも護衛関係の専門家でもあるでしょう？」

ミラはそのことについてよく知っている。

そもそもミラが前世において死ぬ原因となったのが、まさに護衛だったアンジェラなのだから。

他の人間が相手だったら、あの傷であっても逃げおおせることは十分に可能だった。

そのことを考えると、今回のことについて作戦を立てるのはミラよりもむしろアンジェラの方が向いていそうであった。

ミラの言葉にアンジェラは思案げな顔になり、言う。

「ふむ……そうだな。私もやはり、襲撃を待つのが効果的だろうとは思うぞ」

「そこを捕らえる感じで？」

「そうだ。私が普段やっている王族や高位貴族の護衛の場合も、襲撃を指示した相手を探すのは実際に襲撃が起こってからになるのが大半だからな。もちろん、事前にそのようなことが行われる可能性については探っているし、情報があって防げることも少なくないが、それは普段から組織的に情報収集を行っているから出来ることだ。今回の場合は、ローゼン公爵ご自身が情報収集をなさっているが、残念ながらほとんど何も分かっていない。であれば、他に方法はない」

「やっぱりそうなりますよね……」

アンジェラの言葉に頷いてから、これからどうするか考えるミラ。

そんな彼女を見て、アンジェラが不安げに言う。

「……捕まえるんだからな？」

これに首を傾《かし》げるミラ。

「ええ、それは当然ですよね。分かってますが？」

「……本当に？」

「もちろん！　……何を心配されているんですか、アンジェラ先生？」

そう言ったミラの表情は、先ほどとは少し違っていた。

他の人間が見れば、あまり変わってないと感じるかもしれない。

けれどアンジェラには分かった。

あの頃の彼女の顔だと。

それだけに、言っていることが不安だった。

「そんなことを……言わないと分からないか？」

絞り出すようにそう言ったアンジェラに、ミラは微笑んで言う。

「そうですね。兵学校の先生の貴女《あなた》が、生徒でしかない私に何を心配しているのか。是非とも詳しくお聞きしたいところです」

「お前……ふん。ならば言ってやろうか？　……殺すなよ、という話だ」

元暗殺者のお前なら、容易に出来ることだろう。

そう言いたげな表情だった。

そんな彼女に、ミラは言う。

「ふふっ。そんなことくらいよく分かってますよ。大体、先日エミリアを襲った者だって、生かして捕らえているじゃないですか。心配しすぎです」

言われて、アンジェラは、はっとする。

確かにそうだ、と思ったのかもしれない。

実際アンジェラは言う。

「そういえばそうだったな……別に、殺しが好きというわけでもないのか？」

「さっきから不思議なことを言いますね。私は兵学校の生徒ですよ？　そんな、暗殺者じみた価値観は持っていません」

「お前、どの口が……。大体、どうしてそんなことになっているのだ。私がどれだけお前のことを……」

「私のことを？」

こてり、と首を傾げるミラに、アンジェラは口を噤《つぐ》む。

それから……。

「……いや。それはいい。ともかく、方針の確認は終わった。後は、仕事をするだけだ」

「ええ、そうですね」

頷くミラに、アンジェラは続けた。

「もし、この仕事が終わったら……」

「はい」

「お前のことを詳しく聞きたい。いいか？」

「何を聞くつもりなのかは分かりませんが……まぁ、いいでしょう。大した話は出来ないかもしれませんけどね」

「お前にとってはそうなのかもしれないな。だが、私にとっては大きな話だ」

「では、その時を楽しみにしましょう」

▼

「……私の護衛に、皆がつくと聞いたのですけど……？」

ミラは寮に戻ってから、エミリアからそんなことを言われた。

ここはエミリアとアルカの部屋なのでアルカもいる。

ジュードは残念ながら女子寮に入れないために不在だ。

「あ、聞いたの？」

ミラはそう尋ねる。

勿論、ローゼン公爵から聞いたのか、という話だ。

これにエミリアは答える。

「ええ。お父様から……しばらくの間、ミラやアルカ、それにジュードが私の護衛になると」

「それ以上の話も聞いてる？」

これにエミリアは難しそうな表情になったが、最後には頷いた。

「はい……私の命が、狙われていると。病気の薬の件についても、私の命を狙ったものである可能性が高いと……」

どうやら隠し立てすることなく全て伝えたらしいとそれで分かった。

ローゼン公爵としては、エミリアに何も言わないという選択肢もあったはずだ。

しかしそうしなかったのは、いずれエミリアは公爵家を継ぐ立場にあるからだろう。

貴族たるもの、こういった話とは無縁ではいられないからと、そういうことだ。

加えて、知っておいた方がいざという時に動ける。

もしも襲撃が先日の一度で打ち止めだったのなら、何も言わなかったかもしれない。

だが、どうやらそうではなさそうだという事情がある。

それならばしっかりと話して、自分でも気をつけさせておいた方がいい。

「そうそう、そういうこと。だからちょっとだけ指示をしたりするかもしれないけど、その時は従ってくれるとありがたいな」

ミラがそう言うと、エミリアは首を傾げる。

「指示というと……？」

「たとえば、ここに隠れてて、とか動かないでとか、そういう話だね」

「私は戦わなくてもいいのですか？」

「エミリアが傷ついたらそこで負けだから。それよりも、私たちが怪我《けが》した方がまだいいよ」

この言い方に、エミリアは少し怒ったように言う。

「そんな！　私は皆さんに怪我などして欲しくは……」

「いや、うん。それは分かってるよ。あくまでどっちの方が事態がマシかって話だから。それは分かるでしょ？」

「それでしたら、まぁ……」

「それと、先生……アンジェラ先生も学校にいる間は気を配ってくれるから、先生の指示も聞いてね」

「承知しました」

それからの学校生活は、意外にも平和に過ぎていった。

常に私かアルカがエミリアのそばにいて見守っていたが、襲撃者のようなものは全く来る気配がなかった。

もしかして、もう諦めたのだろうか？

そうなるとかえって面倒くさいかもしれない。

なぜなら、これから先、いつ襲われるかも分からないためにずっと警戒をしていかなければならないことになるからだ。

それは困る……。

などと考えていた矢先のこと。

三人で街の方に出かけようとしたところ、ついにその時がやってきた。

あの時と同じように、黒装束を身に纏った男達が八人ほどで馬車を囲んだのだ。

そこは学校から街へと向かう際に通ることになる、人通りの少ない道で、確かに襲撃するにはちょうどおあつらえ向きの場所と言えた。

「ミラ、それにアルカ……」

エミリアが顔を青ざめさせて二人を見る。

馬車の中には、先ほど打ち込まれた矢が一本突き刺さっていた。

狙いはアバウトだったようで、エミリアというよりミラ側に近い位置に刺さっている。

それが分かっていたため、ミラは特に慌てなかった。

「エミリア。私、外に出るから、ここでアルカとじっとしていてね」

「は、はい……」

「アルカはエミリアを守って」

「うん。矢とかは弾《はじ》いた方がいい？」

そう尋ねるアルカにも特に怯《おび》えている様子はない。

このような危険に怯えるような育成はしてこなかったので、当然と言えた。

「どっちでもいいけど……命中する可能性がない限りは放置の方がいいかな。その方が油断すると思うし。あ、中に誰か押し込んできたら倒していいから」

「分かった」

その返事を聞いて、ミラは馬車から飛び出す。

すでに周囲には黒装束達が待ち構えていたが、それほど近づいてきていないのは、御者が剣を持ってにらみつけているからだ。

実のところ、今日の御者はローゼン公爵騎士団副騎士団長ではなく、アンジェラが務めていた。

こういう事態を想定して、今日の外出ではそうしようということになったのだ。

ただし、目立たないように深くフードを被《かぶ》っているし、その黄金の髪も隠しているため、普通の御者にしか見えない。

それでも、剣を構える姿から、黒装束達は彼女の実力を感じているようで、攻めきれないらしかった。

「ここからどうする」

アンジェラが聞いてきたので、ミラは答える。

「情報を握ってそうな奴を優先して捕まえます。それ以外はどうなってもいいですけど……」

「流石にこの人数では、誰も殺すなとは言えん」

乱戦の中だと、少し手加減をミスすれば、簡単に人は死んでしまう。

少なくとも、ミラとアンジェラの実力ではそういうことになりやすい。

アンジェラは地力が高すぎるために、そしてミラは今までそういう手加減をする必要があまりなかった故にだ。

特にミラにとって、こんな真正面からの戦いではなおのこと。

誰かを捕縛するなら、闇の中からする方が楽である。

それでも、ミラは言った。

「まぁ可能な限り、そういうのは無しで頑張りますよ。情報の確認には複数人捕まえた方がいいでしょうし……じゃ、頑張りましょう」

そう言った瞬間、ミラは地面を踏み切った。

こういうとき、組む相手のことをよく知っていると楽だと思う。

アンジェラは騎士で、その能力は人を守ることに長《た》けている。

つまり、無駄に前に出るよりも、とにかくエミリアを傷つけないために動く。

そしてミラはその逆だ。

狙った者の息の根を止めるためにまっすぐに行く。

ただ、今日は流石にそれをするわけにはいかない。

あくまでも意識を断つだけだ。

狙いは、黒装束の中でもリーダー格。

この間遭遇し、そして逃げていった奴の魔力が、確かにそこにあるのを察知し、そちらに向かって駆け出す。

「……貴様っ!?」

同じような背格好を全員がしているし、構えもほぼ全員同じのが八人いるため、まさか一目で看破されるとは考えていなかったらしい。

リーダー格の男は一旦下がろうとした。だが、今回はローゼン公爵から正式に依頼されている以上、ミラには逃がすつもりはなかった。

この間はその辺りアバウトだったというか、仮に逃がしたとしてもそれはそれで、とどこかで思っていたというのがある。

下がろうとするリーダー格の背後に、魔術によって不可視の壁を作る。

――ドンッ。

と、そこにぶつかり慌てた表情をするリーダー格の男。

かなりの実力を持っているようで、それに気づいてすぐに体勢を立て直し、ミラを倒すしかないと考えを改めたようだが、もうその時にはすでに遅かった。

「……はい、終わりっと」

――ごとり。

とリーダー格の男の意識が断たれる。

短剣の柄《つか》でみぞおち部分を思い切り突いただけだが、それが完璧に決まればこうなるというわけだ。

倒れたリーダー格の男を見て、焦ったように動き出す他の黒装束達だが、その実力は残念ながらリーダー格の男に追随できるほどではなさそうだ。

一人ずつ、確実に倒していき……。

「こんなものかな」

最後の一人を倒して、ミラはそう呟いた。

とはいえ、全員をミラだけで倒したわけでもなかった。

「五人も倒したのか、お前は……」

呆《あき》れたような表情でこちらを見つめるアンジェラがそこにはいた。

残りの三人は、彼女の手によって倒されたのだ。

エミリアを殺すか誘拐するかのために、なんとか馬車に近づこうとしていたようだが、アンジェラの前にいずれも失敗したらしい。

それは当然そうなるだろうな、とミラとしては思わざるを得ない。

何せ、自分ですら最後は彼女の前に屈したのだから、と。

そんなことを考えつつ、ミラはアンジェラに言う。

「私はアンジェラ先生のお陰で好き勝手に動けましたからね」

これは別に謙遜でもなんでもない。

アンジェラもミラと同じように自由に動けていたら、同じくらいの戦果を出すことも可能だっただろう。

「生徒と同等では私の格好がつかないのだが……」

「生徒だと思ってないでしょ」

「お前……」

それから何かを言いかけるアンジェラだったが、そこでミラが、あっ、と声を上げる。

「どうした？」

尋ねるアンジェラに、ミラは言う。

「いえ、黒装束の奴ら、奥歯に毒を仕込んでるので……意識ない内に抜かないとと思って」

「あぁ、そういえばそうだったな……だが、どうすればいいのだ？　私にはやり方が分からん……」

言われて、アンジェラは騎士であって、暗殺者ではないのだからこういうのには詳しくないのだということをミラは思い出す。

もちろん、騎士であっても尋問などをよく担当するような部署の者はそういうことにも詳しいだろうが、アンジェラはそういう騎士ではない。

「そうですね……ちょっとコツがいるので、私がやります。アンジェラ先生は、縄で縛ってください」

「あ、あぁ……すまない……」

実際、下手な抜き方をすると毒が漏れてそのまま死ぬので、本当にコツが必要なのだった。

全ての黒装束の口の中から奥歯を抜くと、その歯は革袋に放り込む。

「そんなものどうするんだ？」

奇妙なものを見るように尋ねるアンジェラに、ミラは答えた。

「高価な毒なので、再利用するんですよ。それに歯自体も、これくらい魔力のある人間のものだといい素材になりますし……」

これにアンジェラは若干引いた表情で言う。

「そ、そうか……。分かった」

本当に貴重なのに、どうやらアンジェラには分かってもらえなかったようだ。

ただ、一般的な感覚としておぞましさが勝るのも理解できる。

次の機会があれば、こういうのはこっそりとやることにしよう。

周囲の精神衛生のためにも。

ミラはそんなことを思った。

▼

「今回は見事だった」

黒装束達をローゼン公爵家に引き渡し数日後。

公爵から連絡が来たので訪ねると、早速といった様子でそう言われた。

「いいえ、それほどのことでは……」

ミラがそう答えると、公爵は笑って言う。

「謙遜も過ぎると嫌味だぞ」

続けてアンジェラも言う。

「その通りだ。ミラ、お前のやったことは他の誰にも出来ないことだ。誇るといい」

「先生までそんな……。ですが、ここは素直に受け取っておきます」

これに公爵は頷く。

「うむ。それで、奴らの尋問なのだが、つい先日終わってな。色々と事情が分かったのでお前達に相談したくて呼んだのだ」

そこから公爵が話した内容は、確かに今回求めていたそれだった。

それによると、襲撃者達の目的は、エミリアを略取することにあったようだ。

殺すつもりがなかったのが意外だが、最悪死んでもいいくらいの感覚だったのかもしれない。

略取してどうするのか、という話だが、その略取を企てていた人物が……。

「ブラント男爵、ですか。私は聞いたことがないですね」


ミラはそう言った。

と言っても、ミラは別にこの国の貴族について詳しいわけではない。

前世でも暗殺者として生きていた手前、ある程度は知っているものの、当時とは既に様相が変わっている。

また、田舎の村で十三年過ごしていたのもあって、最新の情報は知らないのだ。

逆にアンジェラの方はよく知っているようだ。

「そうなりますと……クラックス公爵辺りが黒幕でしょうか。中々に難しい状況ですね」

そう言ったからだ。

ローゼン公爵は頷いて言う。

「うむ。しかし、黒装束の連中からは一切クラックス公爵の名前は出てこなかった。直接は関係が無いか、完全に秘匿されているか……」

「クラックス公爵というのは？」

ミラが尋ねると、ローゼン公爵は説明する。

「いわゆる、私の政敵だ。私は軍事関係を手中に収めているが、向こうは財務系でね。まぁ犬猿の仲だよ」

「なるほど。それで、いかがされますか？　クラックス公爵に襲撃を？」

「いきなり物騒なことを言うものだ……いや、それはやめておいた方がいいだろう。それより、あの黒装束の連中の根城を叩く方向で考えたい」

「なぜですか？」

「証拠もなくクラックス公爵ほどの人物にかかっては、どういうことになるか分からないからだ。最悪、君が極刑に処される危険がある」

「バレないように出来ますが……」

「それを本気で言っているのが恐ろしいが、それでもな。やるならば、証拠を完全に摑み、追い落とさなければ意味がない。政治とはそういうものだ」

「そうですか……」

残念そうなミラに、アンジェラが言う。

「変わらんな、そういうところは……だが今回は我慢しろ」

「別に我慢が利かないわけじゃないですから。では、黒装束達の根城を教えてください」

さらりと言ったミラに、ローゼン公爵は尋ねる。

「教えたらそのまま飛び出して潰してくるつもりじゃないだろうな？」

「……まずかったですか？」

「さっきも言っただろう。証拠が必要だと。まぁ、潰してこられるということ自体は頼もしいのだが……」

「ではどのように……？」

そこからは、ローゼン公爵が作戦を説明してくれた。

それによると、まず、黒装束達の組織の名前は《闇の手》というらしい。

この《闇の手》は高位貴族や大商人から依頼を受けている裏組織であり、その規模はかなり大きいという。

ただ、この国における《闇の手》は支部のようなものであり、本拠地も小規模らしい。

黒装束達が言うには、中枢メンバーとして支部長である人物が一人と、幹部が数人いるだけだとも。

勿論、根城はそれなりの数の兵隊……黒装束達のように訓練された者達がいるが、それでも五十人は超えないという話だった。

そのため、ローゼン公爵としては、ローゼン公爵騎士団から五十人を派遣してことを行うつもりだという。

公爵は彼ら騎士達に犯罪の証拠集めをさせたいようだ。

「私たちはどうすれば？」

ミラが尋ねると、公爵はおずおずとした様子で言う。

「そこなのだが……先行してくれと言ったら可能か？　別に全部潰してこいとは言わん。内部の構造とか、大まかな敵の強さなどを調べてくれるとありがたいのだが」

「なるほど。そういうことでしたら、やらせていただきます」

「おぉ！　それは助かる。アンジェラも構わないか？」

アンジェラは唐突に決まってしまった役割に、一瞬困惑を見せるが、ミラが挑発的な視線を向けていることに気づいて、言う。

「……分かりました。やらせていただきます」

そういうことになった。


当日。

ミラとアンジェラは先行してその場所に来ていた。

王都の外れにある小さな石造りの建物が、《闇の手》のアジトのようだった。

「パッと見だと、ただの小さな家にしか見えんが……」

身を隠しつつ、そこを覗《のぞ》くアンジェラが呟く。

「ああいうところがまさか闇組織のアジトだなんて思わないのが普通ですから、重宝するんですよ
……見張りはいなそうです。早速行きたいと思いますが、いいですか？」

「構わないが……大丈夫なのか？」

「何がです？」

「色々だ。逃がさないか、とか、殺さないか、とか、証拠集めは、とか……」

「周囲を調べましたけど、出入り口はあまり多くないようでしたし、全て騎士団の方々に待ち伏せて
もらってますでしょう。殺さないかは……当たり所が良ければ。証拠集めは私たちが気にしてもしょ
うがないです」

「割り切りがいいのか、適当なのか……はぁ。分かった。行くぞ、ミラ」

「はい！　……まさかアンジェラ・カースと一緒にこんなことするなんて、思わなかった」

ぽつり、と呟いて地面を蹴るミラを目を見開いて見たアンジェラは、その背を追った。

「……なんだ貴様ら!?」

アジトの中に入ると、早速黒装束達に出くわす。

しかし、ミラが短剣を、アンジェラが細剣を振るうと一瞬でその場は沈黙した。

「流石ですね、アンジェラ先生」

「お前こそ」

そんな軽口を言い合いながら、二人は進んでいく。

異変はすぐにバレ、次々に黒装束達が襲いかかってくるが、全てをほぼ一撃で気絶させていく二人。

そして、ついにその場所へと辿《たど》り着《つ》く。

「どうやらここが、最奥部のようです」

「あぁ、豪華な扉だし間違いないだろう。向こう側にそれなりの魔力も感じる」

「じゃあ、開けますよ」

「あぁ」

ミラが扉に手をかけるが、その瞬間……。

——ガンッ！

という衝撃と共に、向こうから扉が開かれた。

更に中から飛び出すように襲いかかってくる人物が二人。

「貴様らぁっ!!」

一人は老人だった。

手には短剣を持っていて、目が血走っている。

ただし、年齢通りに油断できる相手でもなさそうだった。

身に宿る魔力も、身のこなしも相当なもので……。

「これは楽しめそう」

ミラは思わずそう言った。

敵は一人ではなく、アンジェラの方にも飛びかかってくる影がある。

大剣を持った大男だ。

軽く振り下ろしただけで、衝撃が伝わってくる。

「死ぬがいい!!」

だが、アンジェラにそれが命中することはない。

「久々に面白い相手が来たものだ。少し、本気を出すか」

アンジェラはそう言って細剣に魔力を込めた。

すると、細剣の周囲をオーラのように光が覆っていく。

そして、まるで大剣のようなシルエットになる。

「なんだそれは……!?」

「魔剣術の秘奥だよ。ふむ……ということは、お前は出来ないのだな」

言いながら、これが出来る相手をアンジェラはミラ以外にほとんど見たことがなかった。

魔剣術とは様々な意味合いで使われる言葉だが、その中でもかなり高度な技法だからだ。

これが使えるだけで、一流と言われるもの。

男はアンジェラの言葉に激高する。

「馬鹿にしやがって！」

しかし、怒りをほとばしらせれば実力が上がるというものでもない。

男が軽々と振るう大剣を、ひらりひらりと避《よ》けて徐々に距離を詰めていくアンジェラ。

最後にはため息をついて……。

「この程度か……期待外れだ」

そう呟いて男を見た。

男は距離が近づきすぎたことに気づき、大剣を引き戻そうとするが、もう遅かった。

がくり、と手と足から力が抜けていき、そのまま意識を飛ばした。

目にも留まらぬ速さで、アンジェラが男を切りつけたのだ。

「さて、ミラの方は……」

アンジェラがそんな風に呟きながらミラの方を見つめると、すでにそちらでも決着がついているようだった。

なんだ？

老人が血を吐きながら両膝を地面についている。

なぜ口から血が……と思ってよく見てみると、ミラが手で何かもてあそんでいるのが見えた。

あ……。

「……戦ってる最中に、相手の奥歯を抜いたのか」

気づいてぞっとする。

《闇の手》の連中は自殺用の毒を奥歯に皆、仕込んでいるようだが、まさか戦闘中にそれをどうにかすることなど普通は不可能だ。

実際、アンジェラにも出来なかった。

そもそもやりたくないというのもある。

気絶させてしまえば、後で抜けばいいのだし。

だが、ミラはあえてそれをやった。

何のためにか。

相手に敗北感を植え付けるためか？

少し近づいて、二人の話に耳を澄ます。

「……貴様、本当に何者じゃ……一体なぜここに……」

訳が分からないといった様子で呟く老人に、ミラは尋ねる。

「最近受けた依頼で、大貴族の娘をどうこうするっていうのがあったでしょ？　それ関係だね」

「……なるほど、ローゼン公爵の……。失敗したのか。うちの者は自害はせんかったのか？」

「私が出来ないようにしてあげたよ。貴方と同じように」

そう言って、手に持っている歯を示す。

老人はそれを見て目を見開く。

「まさか……」

どうやら、老人は自分の歯が抜かれたことを気づいてなかったようだった。

どれだけの早業だったのだろうかとアンジェラは戦慄する。

「ま、そういうことだね。貴方も全て話すまでは安寧はないから、覚悟しておくことだね。じゃ」

そう言ってミラは老人の脳天を短剣の柄で叩いた。

それで老人は完全に意識を失って、倒れたのだった。

その後のことは、かなりスムーズに進んだ。

《闇の手》の連中からローゼン公爵はかなりの情報を引き出し、それを元にブラント男爵を糾弾した。

結果としてブラント男爵家のお取り潰しが決定し、またその資産や領地はローゼン公爵家に与えられることになった。

「でも、クラックス公爵の方は何もお咎め無しなんですね」

ローゼン公爵家でお茶を飲みながら、ミラが公爵に尋ねる。

「あぁ。というか、そもそも何かしたという証拠そのものが一切見つからなかった。やはり、かなり巧妙に手を回していたのだろう」

「それでいいのですか？」

「これ以上はどうにもならんからな。ただし、それも今は、の話だ。私の娘を狙った罪は、いずれ必ず償わせてみせる。今のところは、娘の安全をしばらく確保できただけで満足しておくよ」

「エミリアは安全なのでしょうか？」

黒幕を倒せていないのだから、今後も安全とは言い切れないのではないか。

そう思ってミラが尋ねると、ローゼン公爵は説明する。

「今回の件でクラックス公爵はこのようなやり方ではローゼン公爵家が揺るがないことを知った。加えて、自分が疑われているに違いない状況でさらに同じようなことを仕掛けるのは流石に分が悪いとくらい、奴も分かっているさ。だから、しばらくの間は、安全なんだ」

「なるほど。それが政治ですか」

「まさにな。ただある程度の警戒はもちろんいる。そこで、だ。ここ最近のように、とは言わないが、エミリアのこと、今後もそれとなく気にかけてはくれないだろうか？　もちろん、報酬は出す」

「それはありがたいですが……遠慮しておきます」

「……不満があるのか？」

「いえ、そうではなく……。エミリアは僭越《せんえつ》ながら、私の友人ですから。報酬なんてなくても気にかけます」

ミラがそう言うと、ローゼン公爵はホッとした表情になる。

「そうだったか……すまない。ありがとう」

「いえ……あっ、そうそう」

「なんだ？」

「どうせだったら、エミリアも戦えるようにしてもいいですか？」

「ん？　どういうことだ」

「彼女一人でも、ある程度の暗殺者相手に立ち回れるように色々と教えてあげられたらな、と……。でも、軽い訓練でというわけにはいかないものですから。ローゼン公爵に許可をいただけたらと」

「なるほど、そういうことか。ふむ……確か、かなりの腕の幼なじみ二人もミラが育てたのだったな」

「はい」

「であれば、そのレベルまでエミリアを持って行けるか？」

「お許しがあれば」

「よし、分かった。それではそのようにお願いする。ただ、あの子は貴族令嬢だ。その辺りについては気を遣って欲しいが……」

このローゼン公爵の言葉をどう解釈したのか、ミラは微笑んで言う。

「大丈夫です。どんな怪我をしようとも、全く分からないように治せますので」

ローゼン公爵はこれに少し首を傾げたが、最終的には頷いて言った。

「うむ。よろしく頼む」

しかし、アンジェラは違う意味で捉えた。

「……死ぬ一歩手前までの傷ならいくらつけても治せる、と思ってそうだな……いや、流石にそこまでではないのだろうか……？」

そう一人呟いて、心配していた。

かつての暗殺者は
来世で違う生き方をする

Former Assassin
Lives a Different Life
in the Afterlife

あとがき

まず初めに、本作「かつての暗殺者は来世で違う生き方をする」を手に取ってくださり、ありがとうございます。

作者の丘野優《おかのゆう》です。

本作は、カクヨムネクストにおいて連載されている作品で、それを書籍としたものです。

一般的なＷＥＢ小説のやり方とは異なっていて、ちょっと面白いですよね。

内容としては、前世、暗殺者をやっていた少女が、転生して新しい人生をやり直していくというものです。

私が今まで書いた小説の中だと、実のところ女性主人公というのは珍しい方で、二作品目になるかなと思います。

それも少女となると本作が初めてになるかもしれないなと。

転生後の魂と言いますか、中身は少女というわけではないですが、周囲を取り囲んでいるのはやはり少女が多くなり、今まで書いてきたものとは少しばかり毛色が違っていて、新しい挑戦をしているような気持ちになります。

小説家になって、結構な年月が経ちました。

初めは一冊だけ書いてそれで終わりかな、などと思っていたのですが、二年、三年と続いて今日に至ります。

その中で書いてきたものはいわゆるＷＥＢ小説で多い、ファンタジーですが、最近は他にも色々書いてみても良いのかな、とか思ったりしています。

ハイファンタジーは大好きで、これからも書き続けていきたいですが、それ以外にも、ミステリーとか、恋愛ものとか、そういうものを書きたいという気持ちを最近覚えるのです。

本作はそういう意味ではむしろ、今までの自分の作風の延長線上にあるような気はしますが、それでも自分の中では少し違ったものに手を出した感じがあって、ここから自分の作風というか、世界というか、そういうものを広げていけるきっかけになったら良いなと思っています。

そういうわけで、これからも頑張って小説を書いていきたいと思っておりますので、どうぞよろしくお願いいたします。

Former Assassin
Lives a Different Life
in the Afterlife

著 丘野 優（おかの・ゆう）

近況報告なのですが、最近、体重増加が無視できないレベルに達しつつあるので、筋トレ、食事、睡眠時間と多方面からアプローチすべく頑張っております。どうにか痩せて、健康を取り戻したい！

画 つなかわ

うさぎの為に働くイラストレーターです。趣味はホラー映画。魅力的なイラストが描けるようにこれからも頑張ります！

かつての暗殺者は来世で違う生き方をする 01

2024年6月28日　初版発行

著　丘野 優

画　つなかわ

発行者　山下直久

編集長　藤田明子

担当　山口真孝／吉田翔平

装丁　吉田健人（bank to LLC.）

編集　ホビー書籍編集部

発行　株式会社KADOKAWA
〒102-8177　東京都千代田区富士見2-13-3
電話：0570-002-301（ナビダイヤル）

印刷・製本　図書印刷株式会社

本書は、カクヨムネクストに掲載された「かつての暗殺者は来世で違う生き方をする」を加筆修正したものです。

Printed in Japan
ISBN 978-4-04-737976-3 C0093